LE BON ANTOINE

Marie Desplechin

LE BON ANTOINE

GALLIMARD JEUNESSE

À Véronique Girard, mi-ange, mi-agent.

1.

En haut de la classe, il y a Frédéric Liu. En bas, il y a moi. Non, je rigole. Je suis en bas mais je ne suis pas seul. On est quelques-uns à barboter dans la bouillasse, avec Darin Belkacem et Thomas Grand-jean. On agite nos nageoires, on se fait une petite concurrence sans prétention. Frédéric n'est pas isolé non plus. Ils sont bien quatre ou cinq à se tenir chaud sur son perchoir. Entre les hauteurs et les profondeurs vivote une sorte de marais. Ensemble, nous formons une classe harmonieuse. C'est une réussite collective. Car pour y arriver, il ne suffit pas d'avoir des gagnants, les perdants aussi sont indispensables (ou l'inverse). Les gens comme moi sont donc nécessaires à l'harmonie générale. Pas de quoi avoir honte. Et même : merci moi.

C'est une sorte de vérité générale : une chaîne a deux extrémités. Sans bandits, pas de policiers. Sans pauvres, pas de riches. Sans imbéciles, pas de gros malins. Sans ratés, pas de réussis. Sans chômeurs, pas de travailleurs. Tout repose sur un juste équilibre. Comme le disait le prof d'histoire, un jour que les derniers rangs bouillants menaçaient de déborder de la casserole : « Dans cette classe, je ne vois que cinq personnes capables de trouver du travail plus tard. Je ne sais pas comment vous allez vous en sortir, tous autant que vous êtes… » Comme ça faisait vingt-quatre personnes au chômage sur vingt-neuf, on s'est effectivement demandé comment ils allaient se débrouiller les cinq malheureux, pour faire face. Les impôts, la délinquance, les mauvais voisinages, et le reste…

Le prof avait l'air content de lui mais Frédéric Liu a haussé les épaules, ce qui n'a échappé à personne parce qu'il est toujours assis au premier rang. Frédéric Liu est peut-être au sommet de la classe mais il n'est pas complètement abruti. Il hausse les épaules quand il veut. Il est un peu marginal à sa manière. Quoi qu'en dise le prof d'histoire, je ne suis pas sûr qu'il trouvera du travail plus tard. Il devra apprendre à ramer comme les autres.

Personnellement, c'est ce que j'ai fait : j'ai appris. Il faut bien comprendre que je n'ai pas toujours pataugé au fond de la barque. Je me souviens, quand j'étais en sixième, j'étais bon. En cinquième, ça allait encore. On doit pouvoir retrouver des félicitations quelque part. Ma mère a dû les archiver avec les photos de classe. Ça s'est gâté plus tard. Je suis passé en quatrième. Et là, je ne sais pas ce qui est arrivé. Un truc grave et mystérieux. Une malédiction. Deux mois de vacances et j'étais fini. J'avais oublié les rares trucs que j'avais retenus jusque-là, et – plus grave – ça m'était égal. En fait, ça ne m'intéressait plus, les cours, les notes, tout le machin. J'ai fait une croix sur ma carrière scolaire. Ce n'est pas que je n'espère plus de félicitations. C'est que je ne vois même plus comment on fait pour avoir des encouragements. La seule distinction à laquelle je peux m'attendre, c'est l'avertissement de travail.

Le prof d'histoire dit que je suis paresseux. Les autres le pensent mais comme il est prof principal c'est lui qui l'annonce publiquement. Je ne vois pas ce qu'il entend par là. Ce n'est pas que je ne veux pas travailler, c'est que je ne peux pas. Quand je m'assieds, je m'endors. Si je fais un effort pour garder les yeux ouverts, j'ai mal au ventre. Je n'arrive pas à obliger ma pensée à s'intéresser. Je le regrette mais c'est plus fort que moi. Ma pensée fait absolument ce qu'elle veut, c'est-à-dire à peu près rien. Dans ces conditions, je trouve un peu injuste d'être accusé de paresse. Ou alors c'est par défaut. Peut-être qu'il n'existe pas de mot pour définir ma psychologie. Il n'y a pas que Frédéric Liu à être un peu exceptionnel.

Malgré la différence scolaire, notre marginalité fait que nous nous entendons assez bien. Je ne dis pas que nous traînons ensemble en soirée, que nous partons ensemble en vacances et autres activités amicales typiques. Mais il nous arrive de discuter. Quand je parle avec lui, j'ai l'impression d'être une personne intéressante, pas juste un crétin admis par charité dans la salle.

Quand je me suis retrouvé dans le trou, c'est lui qui a trouvé les mots qui m'ont aidé à comprendre ma situation. Il m'a dit :

– Tu n'y peux rien, Antoine. C'est la loi de Murphy.

– Quoi ? La loi de quoi ?

– La loi de Murphy, Antoine. La loi de l'Emmerdement Maximum…

2.

On n'arrive pas au fond du trou d'un seul coup. Non, non. Ce n'est pas si facile. Avant, il faut se taper toute la dégringolade. Et c'est du boulot. Pour moi, tout commence le jour où on me vole mon sac au collège. Ou plutôt, non… le soir où Thomas Grandjean nous invite chez lui pour un petit squat. En fait non… le jour où je deviens l'ami de Thomas Grandjean. Voilà. Ça commence avec Thomas Grandjean.

Je suis ce genre de gars qui se fait des amis assez facilement. En haut, Frédéric Liu. En bas, Thomas Grandjean. Quand je suis un peu déprimé, ce qui m'arrive en moyenne vingt-deux heures sur vingt-quatre, je me dis qu'avoir des amis partout, c'est comme n'en avoir nulle part. Je suis tellement moyen de gamme que je ne suis même pas fichu de faire des choix. Bref. Retour à Thomas Grandjean. Un garçon créatif, une famille où ça ne rigole pas beaucoup, un parcours scolaire parallèle au mien (on était ensemble en CP) et quasiment jumeau (déchéance au sortir de la cinquième). Notre différence tient à notre gestion de la crise. Si l'on considère que passer sa vie derrière un écran d'ordinateur à courir après des moutons virtuels équivaut à rien, on peut dire que je vis dans le néant. Mon genre est dépressif. Thomas est plutôt du genre maniaque : il se jette dans l'action comme un dingue. Il s'est trouvé un goût pour le dessin (sa mère l'a inscrit à un cours), qui a évolué en passion pour les graphs (il a laissé tomber le cours). Comme c'est un type organisé, au moins pour la délinquance, il a rangé, dans le bas de son armoire, derrière les bottes de pluie et les vieux K-Way, une collection de bombes aérosols de toutes les couleurs, plus argent et or. Il a mis au point une signature stylée (un tag, quoi) qui fait l'admiration de ses amis, et la fureur des commerçants qui ont des vitrines à nettoyer. Ses parents devraient être contents : leur fils a une passion et il se donne à fond. Le problème est que le graph reste assez mal vu socialement. Depuis qu'ils ont dû aller récupérer Thomas chez les flics, ils ont décidé de punir sévèrement ses activités artistiques. Je remarque que les parents sont pour l'art tant que l'art n'intéresse personne. Les parents sont les ennemis de l'avant-garde. Les parents sont vieux.

Thomas fait un bon voisin de bureau, qu'il tague discrètement, et un bon copain au kebab, dont il a tagué deux fois le rideau. Nous habitons la même rue, nous avons fréquenté la même école primaire, mes parents (catégorie assez cool) et les siens (catégorie moins cool) ont de bonnes relations. Qui se ressemble s'assemble : on était obligés de s'entendre. Sans compter les bénéfices de l'affaire. Des parents qui se connaissent autorisent plus facilement leurs enfants à sortir. « Du moment que vous êtes ensemble bla-bla-bla, allez-y. » Le parent moyen a tendance à penser que les parents de confiance ont des enfants de confiance. Grosse erreur... Exemple : un père qui travaille dans une banque n'aura pas forcément un fils banquier. La banque offre un champ d'activités assez large : entre tenir la caisse et la braquer, il y en a pour tout le monde. Personnellement, je vois plutôt Thomas dans le braquage. Il est poli mais il est extrême. Ça lui passera peut-être avec l'adolescence, car tout passe avec l'adolescence, c'est ce que pense ma mère qui croit dur comme fer que n'importe quelle calamité s'arrange avec le temps.

Tout cela pour dire que je traîne avec Thomas depuis toujours. Il fait un ami sensible et calamiteux. Ou faisait. Je ne sais plus très bien si Thomas

Grandjean peut encore passer pour un ami, après l'enchaînement de catastrophes qu'il a déclenché, et sans même le faire exprès. Murphy, c'est lui. Si ce n'est pas lui, c'est son Fils ou son Prophète. Frédéric Liu a bien résumé les choses, le jour où il m'a expliqué le Grand Code de la Vie :

– Quand elles peuvent empirer, il n'y a aucune raison que les choses s'arrangent. Une fois que c'est parti, le pire est presque toujours certain. C'est ça, la loi de Murphy, mon pauvre Toto. Merci qui ?

3.

Ce qui va m'arriver à partir de maintenant est une sale histoire à laquelle j'ai longtemps voulu trouver un coupable. Un bon gros coupable unique, à qui avoir très envie de couper la tête. Malheureusement, il est rare que les ennuis arrivent par la faute d'un seul. Pour fabriquer une embrouille un peu conséquente, il faut généralement se mettre à plusieurs et se répartir le boulot. C'est le problème avec la vie : on croit que les choses sont simples, mais en fait non, elles sont complexes. Personnellement, je n'aimerais pas trop être juge. Par chance, c'est une éventualité à laquelle mes résultats scolaires m'interdisent même de penser. Si je m'imagine dans un tribunal, je me vois plutôt sur le banc d'en face.

Par exemple, au début, c'est ma faute. C'est moi qui ai l'idée idiote d'aller chez Thomas pour faire le devoir de maths. Je me dis que si on s'en débarrasse le vendredi soir, on aura le week-end tranquille pour s'occuper des chantiers importants. Pour la note qui a suivi, j'aurais pu aussi bien le faire chez moi. Ou ne pas le faire. Donc, nous sortons du collège pleins de bonnes résolutions et nous nous installons dans la chambre de Thomas. Là, nous avançons un peu sa partie de *Warcraft*, ce qui nous prend quelques heures car il y a pas mal de boulot pour redresser la situation. La soirée est déjà bien avancée quand nous nous souvenons de ce vieux devoir. J'ouvre mon sac et hop, nous l'exécutons sur un coin de bureau. Il n'a pas l'air très difficile mais c'est une ruse, comme je m'en rendrai compte à la remise des copies. Après il est tard, j'ai faim, Thomas met une pizza au four et nous la partageons. Je suis un type rassasié et heureux quand ma mère appelle sur le portable pour me demander si je compte passer la nuit dehors ou quoi. Alors je rentre chez moi, en oubliant mon sac à dos et mes affaires de classe. Pas grave. Il n'y a pas cours le samedi. J'ai le week-end pour le récupérer.

Après, on peut estimer que c'est la faute des parents de Thomas. Ce sont eux qui décident de sortir le samedi soir pour dîner chez des amis. S'ils avaient reçu leurs amis chez eux, le cours de l'histoire aurait été changé. Donc les parents sortent et dix minutes plus tard une douzaine de collégiens envahissent l'appartement. Dont moi. Une vieille règle sociale veut que l'absence de parents entraîne automatiquement une occupation temporaire d'adolescents. Adultes et ados voisinent mal. Franchement, je pense même que nous ne sommes pas faits pour cohabiter. Moins nous nous voyons, plus nous nous aimons. Bref. Les filles fument à côté des fenêtres grandes ouvertes (les parents n'aiment pas trouver des odeurs de clope dans leur appartement, ils ont des soupçons : tabac, drogue, délinquance, hôpital, prison). Un petit groupe s'est collé devant l'ordinateur pour récolter les fraises au village des Schtroumpfs (il faut s'y coller plusieurs fois par jour sinon elles pourrissent) et faire éclore les œufs de dragon (pareil, plusieurs fois par jour, full-time job). Facebook est opérationnel en sous-main, ce qui permet à n'importe qui de lancer des vannes à des gens que personne ne connaît vraiment. Trois boulimiques inspectent les placards de la cuisine pour choisir de ce qu'ils peuvent soustraire sans se faire remarquer. Quant à Thomas, il a disparu et personne ne s'inquiète trop de ce qu'il fabrique. Les gens ont raison de ne pas se faire de souci sauf que moi j'ai tort. Cela dit, j'ai des excuses: il faut que j'explique à Gabrielle pourquoi Lison m'a lourdé, et pourquoi je suis tellement déprimé. Pendant qu'elle m'écoute passionnément, Thomas, mon ami de toujours, se sent délaissé et se réfugie dans sa chambre. Je suppose qu'il s'ennuie, je ne sais pas à quoi il pense, je ne suis pas dans sa tête. Mais, grâce à ses aveux complets, je peux reconstituer la scène du crime. Il remarque l'agenda que j'ai laissé traîner sur son bureau encombré. Il le prend, il l'ouvre, il le feuillette. Maintenant, il attrape distraitement un gros feutre vert. Et il y va de son tag. Sur mon agenda. Mon agenda scolaire à moi. Il agit par désœuvrement, plutôt que par volonté de nuire. Peut-être qu'il se dit qu'il est en train de me faire une bonne blague. N'empêche. À ce stade, clairement, c'est la faute de Thomas Grandjean.

Son forfait accompli, il éprouve une sorte de soulagement et sort de sa chambre pour récolter des fraises. De mon côté, j'écoute toujours Gabrielle qui me conseille d'oublier Lison, laisse tomber, ma grosse, c'est mort. À force de ne rien faire, il est bientôt minuit et les parents ne vont pas tarder à rentrer chez eux. On n'est plus très festif à leur âge, on est très Cendrillon-Minuit-Citrouille. Mais si les parents ferment la boutique à minuit, leurs enfants ouvrent à peine. Pauline propose qu'on déplace le squat chez elle. Elle dort dans une chambre de bonne au-dessus de l'appartement de ses parents. Elle a sa clé. Autant dire qu'elle a sa vie. Quelqu'un jette les paquets de chips vides, quelqu'un range les coussins sur le canapé, quelqu'un balance les mégots par la fenêtre. Nous sommes sur le point de vider les lieux quand Thomas me tend mon sac.

– Antoine ! L'oublie pas !

– Ma mère me tuerait, je dis et je prends le sac.

Thomas y a remis mon agenda. Nous partons nous entasser chez Pauline. J'ai encore un ou deux trucs à dire à Gabrielle…

4.

Ce sac, je le traîne toute la semaine au collège. Je ne l'ouvre pas plus qu'il n'est nécessaire et certainement jamais le soir. On a des contrôles sans arrêt, je n'ai pas vraiment besoin de lui. En fait, je patiente jusqu'au vendredi soir car samedi est le premier jour des vacances d'automne. Dix jours de liberté... J'ai pour eux une quantité de projets merveilleux. Je me demande si Gabrielle a vraiment raison quand elle me dit d'oublier Lison, de ne plus la voir, de ne plus l'appeler. Il faut que je vérifie.

Vendredi, après la dernière sonnerie de la dernière heure du dernier cours, je pose mon sac contre le mur de la cour de récréation et je fonce chez la CPE. Nous avons une petite histoire à régler tous les deux. J'ai malencontreusement perdu le chèque et le papier d'inscription du voyage scolaire à Verdun. Si les choses ne tenaient qu'à moi, j'annulerais le voyage et je supprimerais Verdun de la carte. Par ailleurs, je préférerais passer l'éternité en enfer avec le diable plutôt que deux jours à Verdun avec le prof d'histoire. Mais personne ne me demande mon avis et, visiblement, ce n'est pas à moi de décider. C'est ce que m'explique Mme Charpentier en agitant un doigt menaçant sous mon nez. Comme elle est petite, elle est obligée de lever le bras vers ma figure et je rentre la tête dans les épaules en attendant qu'elle me gifle. Je ne peux pas m'en empêcher, elle me fait peur. En plus, elle crie.

– Arrêtez de faire l'imbécile !

– Je ne fais pas l'imbécile…

– Si ! Vous faites l'imbécile !

Qu'est-ce qu'on peut répondre à ça ? Dans le fond, elle est plutôt comique avec son petit bras, sa petite main et ses petits yeux furieux… Et plus elle s'agite, plus elle est marrante. Il faut absolument que j'arrive à bloquer le fou rire qui me monte à la gorge, un peu comme une envie de vomir. J'arrête de respirer. Longtemps. Elle veut, je ne sais pas moi, mes excuses ou ma mort. Je deviens très rouge, ou très blanc… Mais plutôt périr d'étouffement que de laisser passer un seul mot qui me ferait inculper pour outrage et rébellion. Je m'asphyxie doucement dans le silence quand elle finit par soupirer.

– C'est bon… On ne va pas te dispenser de Verdun. Ce serait trop facile. Tu apporteras ta feuille et ton chèque au départ du bus…

Elle secoue la tête d'un air consterné. Elle pense à mon avenir de chômeur, à ma carrière d'inadapté, à ma vie en ruine. C'est moche d'être exclu à quatorze ans. Voilà ce qu'elle pense et je suis d'accord avec elle.

Je reprends ma respiration. Je quitte le bureau en gardant la tête baissée pour montrer comme je me sens misérable. L'essentiel au collège est de ne pas donner l'impression qu'on la ramène. L'arrogance ne paie pas. Les arrogants finissent en conseil de discipline, ça se voit tous les jours. Donc je sors du bureau, et là, fatalité, il n'y a plus rien contre le mur de la cour. Mon sac a disparu. Complètement, absolument, dramatiquement disparu.

Je remonte dans la salle de classe, je ratisse le couloir, je menace les sixièmes. Rien à faire. Je n'ai plus de sac, un point c'est tout. À la porte du collège, Darin et Lucas me regardent passer en ricanant. Ils me l'ont planqué, c'est clair. Nous appartenons pourtant au même groupe d'incapables… Mais il n'y a pas beaucoup de solidarité chez les incapables. Il y règne même parfois une forme de cruauté.

Ce sac manque sur mes épaules. Je peux sentir le poids de son absence, c'est affreux. C'est comme d'être nu dans la rue. Pour une fois, je ne fais pas de détour. Je rentre directement chez moi et j'annonce à ma mère que j'ai perdu mon sac. Elle écarquille les yeux.

– Ta trousse, ton cahier de correspondance, ton agenda, ta calculette, tes cahiers, tes livres... maintenant ton sac... Demain ta tête ? Mon Toto, tu ne crois pas que tu devrais faire un peu attention ?

Ma mère a décidé de ne pas se disputer avec moi. Elle estime que les reproches, les menaces et les insultes ne servent à rien. Jusque-là, je suis d'accord avec elle. Le problème est qu'elle a quand même sa stratégie. Elle pense qu'un très grand calme assorti d'un appel répété à la responsabilité finira par me convertir. Là, nos chemins se séparent. Je préférerais qu'elle hurle. N'importe quoi plutôt que sa petite tristesse désolée. Vas-y, maman, crie un bon coup. Punis-moi. Car je peux te jurer que je ne changerai pas. Ma psychologie me l'interdit.

– Et sans tes cahiers, comment tu vas te débrouiller pour ton travail ?

– Pas de problème. J'irai chez Thomas.

Elle soupire.

– Maman chérie, je t'aime.

Ce n'est pas faux. Ce n'est pas entièrement vrai non plus. Car c'est Lison que j'aime. Lison Lison. Qu'est-ce que c'est qu'un sac quand le monde alentour est rempli d'amour et qu'on se prépare à dix jours de vacances ?

5.

Ces vacances, elles ont à peine commencé qu'elles sont déjà finies. Où sont passés ces dix jours ? On me les a volés et je n'ai rien vu. Je me souviens pourtant d'avoir appelé Lison une petite centaine de fois. J'ai même réussi à la voir. Deux fois. Pour rien. Elle veut bien rester mon amie mais pas plus. Elle est venue chez moi, dans ma chambre, pour me raconter ça... Et là-dessus, elle a secoué ses longs cheveux qu'elle a teints en roux. En roux. Oh mon Dieu ! Elle est tellement jolie que, quand je la regarde, j'ai envie de disparaître. Son ami ? Ha ha. Je la déteste.

Sur le front du travail scolaire, Thomas m'a juré qu'on n'avait rien à faire. Rien du tout ? Rien du tout. À la rentrée, c'est virée à Verdun. Ma gentille maman m'a conseillé de vérifier auprès d'un autre copain de classe. Darin ? Lucas ? J'ai laissé tomber. Au pire, je pourrai toujours rattraper dans le bus... Puis mardi soir est arrivé et mon père a déclaré avec un sourire réjoui :

– Vous en avez de la chance ! Deux jours de voyage, tu parles d'une rentrée !

Mon père travaille trop pour assurer une présence valable au foyer. Je suppose qu'il se sent fautif. Pour compenser, il essaie de faire comme s'il était un habitant normal de l'appartement. Il fait semblant d'être au courant des réalités quotidiennes, mes notes, mes profs, le prix du kilo de pommes, la vie de ma mère. Il lui manque malheureusement trop d'éléments d'information pour s'intégrer. Du coup, il tente au hasard une petite réflexion, ma mère lève les yeux au ciel, et je vais m'enfermer dans ma chambre. Le problème de mon père n'est pas qu'il est sévère ou méchant ou idiot. C'est qu'il est à côté de la plaque.

Comme chaque veille de rentrée, je dors peu et mal. Mercredi arrive, je sors dans la nuit sous une pluie battante. Il est cinq heures du matin, j'ai mal au ventre et j'emporte un pyjama inutile, une paire de bottes indispensables, un carnet de notes neuf et un sandwich au gruyère. Ma mère me suit, au prétexte de remettre chèque et formulaire en mains propres au prof d'histoire. Il nous voit arriver de loin avec un sourire hypocrite. Ce sale type n'a pas assez de mots pour me pourrir en cours, mais il suffit qu'il aperçoive ma mère pour déborder de tendresse. C'est trop affreux. Je ne veux pas voir ça. Pendant qu'ils échangent des amabilités dégoûtantes, je m'engouffre dans le bus qui sent le détachant pour moquette. Je m'installe sur un siège éloigné de la fenêtre pour éviter les signes d'adieu de chaque côté de la vitre. Pitié. Je suis fatigué et au bord des larmes.

– Je peux m'asseoir à côté de toi ? me demande Frédéric Liu.

– Vas-y.

– C'est ta mère, la dame qui drague le prof d'histoire ?

Il n'y a pas grand-chose à dire d'un voyage de classe. Le jour, on mange mal. Le soir, on joue aux cartes. Et je perds mes bottes. Nous sommes de retour le vendredi soir, sales, fatigués et boueux. Tout le monde passe son week-end enfermé chez lui, dans une sorte de coma hypothermique traversé de quintes de toux. L'enfer de Verdun.

Lundi matin, ma mère me tend un vieux sac à dos qui doit remonter à son enfance. Elle a retrouvé une trousse qui date de mon CP (c'est une trousse Pokémon), dans laquelle elle a fourré une panoplie de Bic dépareillés. Et, merveille, elle a pensé à la calculette. (« Bon sang, c'est déjà la troisième cette année, la prochaine ce sera ton cadeau de Noël. ») Elle est trop mignonne. Je lui ai pourtant dit qu'elle avait tort de s'exciter sur cette histoire de sac. Pour ce que je fabrique au collège, je peux survivre quelques jours sans, d'autant que ce n'est pas ma faute si ces crétins de Darin et Lucas me l'ont volé. Mais elle n'a rien voulu entendre. Pas question que tu te présentes sans matériel bla-bla-bla.

Évidemment j'ai raison. Parce que j'ai à peine franchi la porte du collège que je suis convoqué dans le bureau de Charpentier. Ce bureau, à force, c'est un peu mon deuxième chez-moi. Et là, trônant sur son bureau, qu'est-ce que je vois ? Mon bon vieux sac, rescapé des enlèvements et des disparitions. Je le savais ! Je suis désormais le propriétaire de deux sacs, deux trousses et deux calculettes en état de marche. Trop de bonheur…

– Oh merci, madame !

– Pas trop vite, mon garçon…

6.

Je suis là, dans le petit bureau de Charpentier, en train de produire mon meilleur sourire et je m'apprête à répéter mes remerciements (on n'en fait jamais assez) quand elle m'arrête.

– Malheureusement pour vous, il a fallu que je cherche dans ce sac le nom de son propriétaire...

Il y a, dans son regard, quelque chose de foncièrement inamical.

– J'ai ouvert l'agenda...

– Oui ?

– Et voilà ce que j'ai trouvé !

Elle sort mon pauvre agenda du tiroir de son bureau et l'ouvre sous mon nez. Elle aurait pu choisir la page où je mets en valeur cet énorme bouton que le prof de maths porte sur le menton. Ou la page enluminée d'icônes rasta. Ou encore la page consacrée aux filles en culotte. Mais elle a choisi la double page de garde sur laquelle s'étale majestueusement un tag, célèbre dans tout le quartier, et jusqu'au collège dont il décore la porte des toilettes et celle de la cantine.

– Cette... peinture... souille actuellement les murs du collège, déclare Charpentier d'une voix métallique. Il ne faut pas être grand clerc pour en conclure que...

– C'est pas moi, madame !

Elle lève les yeux (elle est vraiment petite, pour une CPE) et elle sourit férocement.

– C'est votre agenda, oui ou non ?

– Oui mais non, et c'est pas moi qui tague les murs, je vous jure...

– Si ce n'est pas vous, c'est qui ?

Elle ouvre tout grand ses yeux et je ferme les miens. Sur l'écran obscur de ma conscience s'affiche un visage familier : Thomas. Ce tag lui appartient. Je reconnaîtrais son style entre mille. Thomas, mon Banksy, mon Invader à moi... Dire que j'en ai été si fier ! Je ne peux pas croire qu'il ait voulu m'attirer des ennuis. Il n'y a pas de méchanceté en lui. Il a juste été débordé par sa créativité. Ce type est un danger public malgré lui. Seulement voilà, c'est aussi mon ami.

– Je ne peux pas le dire.

– Vous ne pouvez pas ? Il va pourtant falloir que vous disiez quelque chose. Je vous laisse jusqu'à demain pour vous décider : ou vous me donnez un nom, ou vous avouez que vous êtes l'auteur des dégradations. Vous connaissez la sanction ?

– Le conseil de discipline ?

– Non. Le TIG.

– Pig ?

– TIG, Té Hi Gé, travail d'intérêt général. Il s'agit de venir tous les matins au collège, de sept heures à huit heures et demie, afin d'aider l'équipe d'entretien à nettoyer vos saletés. Il me semble normal de contribuer à réparer ce qu'on a volontairement abîmé. Non ?

Je ne suis pas assez dingue pour argumenter. Je souffle un « si » presque audible et je quitte le bureau avec mes deux sacs. Je monte lentement au premier étage. J'ouvre la porte sans frapper et je m'effondre sur ma chaise. La prof de physique me colle trois exercices pour m'apprendre à arriver en retard, et trois autres pour n'avoir pas présenté d'excuses en entrant. Je ne proteste pas. Thomas me lance un regard curieux. J'hésite à lui retourner une claque à travers la figure. Malgré l'envie que j'en ai, ce n'est pas le moment de déclencher une bagarre. Il y a des limites à tout, même à la loi de Murphy.

– Tu l'as retrouvé ? me demande Frédéric Liu comme nous sortons de la classe.

– Charpentier l'a retrouvé. Il était dans la salle des ordinateurs.

– Quelqu'un l'a caché. On t'a fait une blague…

– Darin et Lucas. C'est le genre de truc qui les éclate. Mais je ne leur en veux pas. J'ai plus grave. Charpentier a trouvé un tag dans mon agenda.

– Et alors ?

– C'est le tag qui est sur le mur de la cantine. Elle croit que c'est moi.

– N'importe quoi. C'est Thomas, non ?

– À ton avis ?

N'importe quel jeune de ce collège sait qui est l'auteur de ce tag. Mais curieusement, parmi les plus de vingt ans, personne n'en a la moindre idée. Un collège est un espace où vivent ensemble des communautés séparées par un mur aussi infranchissable qu'immatériel. Aucune information ne passe le mur. On ne sait rien de la vie des profs. Ils ne savent rien de la nôtre. Le système est complètement opaque et au bout du compte ce sont les types dans mon genre qui font les frais de l'aveuglement général.

– Frédéric, à propos de ta loi Machin Truc… J'aimerais bien savoir où se trouve le point maximum de l'emmerdement… Je pourrais peut-être prévoir… me planquer en l'attendant…

– Je n'en sais rien… Mais à ta place, je demanderais à Thomas de se dénoncer. Le tag après tout, c'est lui.

C'est une idée raisonnable. Je vois pourtant que Frédéric n'y croit pas plus que moi. Thomas peut se montrer courageux. Si on m'attaquait, il se battrait, j'en suis sûr. Mais il n'y a aucune probabilité qu'il se dénonce. Ce n'est pas qu'il craint Charpentier, ou le travail d'intérêt général, ni même le principal. Il a peur de ses parents. Pas une petite peur, une peur banale, une peur à deux sous. Une vraie grosse peur, une peur supérieure. Je n'ai aucune chance de le convaincre. Même en le lui demandant à genoux. J'essaie pourtant, car je suis un gars plein d'espoir malgré tout.

– Dis donc, c'est pas que je veux me défiler à tout prix, ou te balancer ou quoi, mais tu penses pas que ce serait plus simple si…

– S'il te plaît…

Il me fixe avec des yeux de biche effrayée. Il répète :

– S'il te plaît…

7.

Je préférerais qu'il me mente, qu'il m'insulte, qu'il me menace. Qu'est-ce que vous voulez négocier un peu sérieusement avec un type qui vous supplie ?

La peur qu'ils nous inspirent est l'un des grands mystères des parents. Ceux de Thomas n'ont pas l'air épouvantables. Sa mère est même carrément gentille. Pas le genre à taper sur son gosse. Il n'empêche que leur fils ferait n'importe quelle bassesse pour éviter une explication avec eux. Je me demande quelle sorte d'histoire familiale peut créer ce genre de situation. Je me demande aussi pourquoi il me revient, à moi, qui vis déjà dans une grande précarité scolaire, d'en subir les conséquences. Je me demande tous ces trucs subtils à toute vitesse et dans un état d'intuition presque surhumain, et je résume :

– Mais putain, Thomas… Pourquoi moi ?

– Tes parents. Tu pourras t'expliquer avec eux.

– Expliquer quoi ? Que je suis puni à ta place ?

– Surtout pas ! Ta mère le répéterait à la mienne ! Tu n'as qu'à leur dire que tu as tagué, juste une fois pour voir, et que tu ne recommenceras pas. Ils diront que tu n'es pas malin, que tu mérites ta punition, et ce sera fini. Alors que chez moi...

– Chez toi ?

– Ce sera le drame...

Je suis épuisé de marchander avec un type qui se roule à mes pieds. Quand il me propose de m'inviter au kebab pour ma peine, je lui réponds qu'on verra plus tard. Mais j'ajoute que j'ai très envie de le taper à coups de poings. Alors il se place en face de moi et il ouvre son blouson :

– Vas-y ! Frappe !

Il est malade ou quoi ? Ça ne se fait pas ! On ne frappe pas un type qui ne se défend pas. Pire : qui le demande... C'est dégoûtant. En même temps, si je ne veux pas me mettre à le détester vraiment, il faut que je fasse quelque chose. Même quelque chose de dégoûtant. Je ferme les poings et je lui envoie une série de coups dans le ventre. Il encaisse sans broncher. Ce vieux Thomas a de bons abdos. C'est un vrai soulagement, pour lui comme pour moi. Les choses pourraient en rester là si l'administration n'y mettait son grain de sel, en la personne d'un surveillant.

– Hé là toi ! Personne t'a dit qu'il était interdit de se battre dans l'enceinte du collège ?

– Je me bats pas, monsieur...

– Tu te paies ma tête en plus ?

Je la fais courte. Je m'en sors avec deux heures de colle et un avertissement de conduite. Murphy, quoi.

– Encore toi ? me demande Charpentier comme j'entre dans son bureau pour ma visite biquotidienne. Tu cherches quoi exactement ? L'exclusion ?

Le soir, c'est soupe à la courge. Ma mère met un soin maniaque à faire la cuisine. De l'achat des légumes à leur épluchage, lavage et autre débitage, cuissons et rissolements, c'est affolant le temps que peut lui prendre une simple courgette. Elle se donne tellement de mal qu'on finit par avoir honte de passer à table. Quand je dis « on », je parle de moi. Nous sommes rarement plus de deux au dîner. Mon père est au boulot. Il mange tard, il mange les restes et il mange froid. Quand je vivrai seul (le plus tôt sera le mieux), j'aurai un régime composé de pâtes et de gruyère râpé. Uniquement. Bref. C'est soupe, poisson en papillote, poires cuites à la cannelle, et comme tous les soirs je n'ai pas faim. Heureusement, ma mère est gourmande et elle mange avec satisfaction ce qu'elle a préparé. Ce qui fait au moins une personne pour se réjouir de ses efforts. Donc, mon père n'est pas encore rentré du travail et nous sommes devant une assiette remplie de soupe orange vif quand j'aborde le sujet :

– J'ai un truc à te raconter, mais il faut d'abord que tu me jures de me croire…

Elle quitte son assiette des yeux, à regret. Elle me regarde intensément et elle dit :

– Les relations fondées sur le mensonge ne m'intéressent pas. Je ne veux même pas imaginer que tu pourrais me mentir. Quoi que tu me dises, je te croirai. Ne l'oublie jamais…

Tout ça part sans doute d'un bon sentiment. Mais franchement, parfois, elle me fait peur…

8.

On pourrait penser que j'ai une chance inouïe d'être tombé sur une dingue. Sauf que tout le monde est obligé de mentir de temps en temps. Et dans mon cas, c'est l'épreuve. Ma mère ne me laisse même pas la liberté de mentir tranquille. Au moindre petit mensonge minable pour la forme, j'ai l'impression de faire de la haute trahison. C'est tellement puissant que, même quand je dis la vérité, j'ai l'impression de baratiner… Je ne sais plus faire la différence.

– Alors ? fait-elle en agitant sa cuillère au-dessus de son assiette.

– Alors Charpentier a trouvé un tag dans mon agenda. Elle en a déduit que c'est moi qui tague les murs du collège.

– Et ce n'est pas toi ? demande ma mère, très intéressée.

– Non, c'est pas moi… Tu m'as déjà vu taguer ?

– C'est vrai. Mais je ne suis pas derrière toi pour surveiller ce que tu fais. Si ce n'est pas toi, c'est qui ?

– Thomas Grandjean.

– Eh bien, tu n'as qu'à dire à Thomas d'aller régler cette question avec Charpentier...

– Il n'ira pas. Il a peur de ses parents.

– Mais pourquoi ? Ils sont très gentils, ses parents !

– Comment tu le sais ? Ce n'est pas toi qui vis avec eux. Il m'a supplié de me taire. Tu crois qu'il faut que je le dénonce ?

Là, ma mère prend un air concerné. La preuve : elle pose sa cuillère avant même d'avoir goûté sa soupe. Il faut que je précise une chose. Ma mère travaille à la maison, ce qui fait d'elle une personne extraordinairement disponible (et suprêmement collante). Plus précisément, elle dessine. Pratiqué après la maternelle, le dessin peut constituer un travail, je veux dire un vrai travail, payé. Du coup, elle n'est pas là pour rigoler. Elle dessine pour un tas d'organisations qui s'occupent des malheurs du monde. Ma mère est la spécialiste de la catastrophe : famine, dictature, persécutions, génocide, enfants battus et compagnie. Elle est au courant de tout ce qui va mal sur la Terre (il n'y a pas tellement d'endroits où ça va bien), ce qui lui vaut la réputation d'être une femme très engagée, très généreuse bla-bla-bla. Le désastre, c'est son truc.

Personnellement, j'ai une position assez différente. Je considère que j'ai assez de soucis avec moi-même pour me tenir à l'écart des malheurs du monde. Nous nous sommes donc spécialisés. À elle, le monde. À moi, le reste. Tout ça pour expliquer que, dans l'esprit de ma mère, la dénonciation évoque une foule d'idées désagréables, dans la catégorie génocide, persécutions, déportations et compagnie.

– Dénoncer ? répète-t-elle avec une grimace, comme si le mot laissait un goût répugnant dans sa bouche.

– Dénoncer.

– Qu'est-ce que tu vas faire ?

Je réfléchis. J'ai déjà pris ma décision mais je veux la peser une dernière fois.

– Rien.

– C'est-à-dire ?

– Je ne vais rien dire et je vais me taper la semaine de nettoyage d'intérêt général. Sans blague, je n'arriverai jamais à prononcer devant la CPE le nom d'un type qui est mon ami.

– Je ne sais pas… murmure ma mère. Je ne sais pas si…

– C'est clair pourtant. Ou je dénonce ou je ne dénonce

pas. Je peux choisir entre me conduire comme un pourri ou comme une poire.

– Je préfère les poires, remarque ma mère.

– Ça ne m'étonne pas de toi, maman chérie.

– Tu dis ça pour être gentil ?

– Devine ? Mais si je suis une poire, tu dois être la maman poire. Il ne faut pas que tu balances l'histoire à ses parents ! Sinon, ça ne sert à rien.

– Bien bien. Mais attends… il va falloir que je me lève tous les matins à six heures ?

– Pas la peine. Je me réveillerai tout seul.

Elle se met à rire. Je sais ce qu'elle pense : il y a peu de chances qu'un type qui est incapable d'ouvrir l'œil à sept heures saute de son lit à six. Elle reprend sa cuillère, observe sa soupe d'un œil attendri et remarque :

– En attendant, il va falloir expliquer la situation à ton père. Il aura un avis sur la question. Je suis curieuse de savoir lequel. Allez… Mange maintenant !

9.

Mon père a un sourire en coin, et l'air suspicieux de celui à qui on ne la raconte pas.

– Tu veux me faire croire que tu n'y es pour rien ?

– Dans un cas comme dans l'autre, je serai puni. Donc, si tu penses que c'est moi, ça va aussi.

– Et si ce n'est pas toi ?

– Je suis une poire.

– Ou un brave type. Est-ce que tu mérites que l'on te prenne pour un brave type ? C'est là que je me pose des questions.

– Tu devrais arrêter de t'en poser puisqu'elles ne servent à rien…

– Même si tu es un brave type, poursuit-il comme si je n'avais rien dit, je me demande s'il est très malin d'accepter une punition pour un délit qu'on n'a pas commis.

– En fait, je n'ai pas vraiment le choix. Soit je suis

puni, soit je suis une balance. Pas de troisième possibilité en magasin.

Il est assis à un coin de table, dans la cuisine. Il mange, il n'a même pas pris la peine de réchauffer ce que ma mère a préparé. Elle le regarde avec mélancolie. Je pense qu'elle est moins triste pour lui que pour cette belle nourriture gâchée par la précipitation qu'il met à l'avaler.

– Tu le crois, toi ? demande mon père à ma mère.

– Oui... Il a des défauts mais il n'est pas menteur.

– Tu veux dire que tu ne l'as jamais pris en flagrant délit.

– C'est exactement ce que je veux dire, approuve ma mère qu'on ne déstabilise pas avec si peu.

– En conséquence, ton fils est un brave type.

– Ou une poire, conclut maman et elle sort de la cuisine.

C'est un de ses traits de caractère : elle ne discute pas pour rien. Quand elle juge qu'on a épuisé le sujet, elle quitte le débat. Elle se met au travail, ou à la lecture, ou à la sieste. Ou elle se colle devant une série, et c'est exactement ce qu'elle fait ce soir-là. Je reste quelques minutes dans la cuisine pour que mon père n'ait pas l'impression d'être complètement abandonné.

– Et au collège ? demande-t-il en finissant d'engloutir sa poire cuite. Tu travailles un peu ?

Je ne vois pas ce que je peux répondre à des questions qui n'ont aucun sens. Par chance, j'entends le générique retentir dans la pièce voisine et je bondis de ma chaise pour rejoindre ma mère. J'obéis toujours à l'appel du générique. Surtout quand on me demande des nouvelles de ma scolarité. Enfoui dans les coussins, j'essaye loyalement de m'intéresser aux problèmes d'une bonne femme qui m'intéresse très moyennement. C'est pénible, mais toujours mieux que de réviser un vieux cours de SVT ou de subir un monologue paternel sur les vertus de l'obstination scolaire. Quand mon père sort de la cuisine pour s'installer à côté de ma mère, je les laisse s'amuser entre eux. Je me réfugie dans ma chambre, planqué sous ma couette, et je mets la radio. Les auditeurs racontent, comme tous les soirs, de terribles histoires à l'antenne. Des histoires sexuelles pour la plupart. Les animateurs eux-mêmes n'en reviennent pas de tant de péripéties et, là, vraiment, je suis intéressé. On n'a pas idée de tous les ennuis auxquels on échappe en cultivant sa solitude. En ruinant mon avenir sentimental, Lison m'a peut-être sauvé la vie. Grâce à elle, je suis seul mais en sécurité. Je me promets de limiter ma vie sexuelle au strict minimum dans les années à venir. Enfin, après des heures de confessions déprimantes, je m'endors, mon casque sur la tête. Je suis un gars qui déteste les complications. Dommage que le monde entier conspire à me ruiner la vie. Moi, j'étais fait pour le bonheur.

Le lendemain matin, selon mon habitude, je commence la journée par une visite chez Charpentier. Elle me voit entrer dans son bureau avec une sorte de gourmandise.

– Antoine ?

– C'est moi.

– Ne soyez pas insolent, merci. Répondez juste à la question que je vous ai posée hier. Qui a sali les murs du collège ?

Je ne réponds pas. Je baisse la tête. Elle attend une très grande quantité de secondes. J'espère de toutes mes forces qu'elle ne va pas recommencer à faire durer le truc pendant des heures. Sinon je suis bon pour le retard en cours d'anglais et deux heures de colle supplémentaires. À ce rythme, je n'aurai plus le temps de rentrer chez moi, il faudra que je passe mes nuits au collège. Enfin, elle se décide à parler :

– Je prends votre silence pour un aveu. En conséquence, je vais envoyer un billet à vos parents pour les prévenir. Vous m'entendez ?

– Oui, madame.

– Très bien. On vous attend lundi matin au collège à sept heures. L'équipe d'entretien sera avertie de votre présence. C'est assez clair ?

– Oui, madame.

– Vous pouvez vous rendre en cours. Et à votre place, à compter de maintenant, j'éviterais de faire le malin. Vous commencez à avoir une ardoise chargée...

– Oui, madame.

– Filez !

Je m'évite un dernier « oui, madame » et je fonce en salle d'anglais. Coup de chance, la prof est en retard. La loi de l'Emmerdement Maximum connaît parfois des ratés. Personne n'est parfait, pas même Murphy.

10.

– En général, les gens s'arrangent pour éviter les ennuis, remarque Frédéric à l'interclasse. Toi, tu t'arranges pour en avoir.

Il sourit.

– C'est marrant, cette capacité à se pourrir la vie…

Au moins, il y en a un qui me trouve drôle. Les autres me regardent en coin. Je suis devenu une sorte d'attraction. Pourtant, à l'exception de Thomas et de Frédéric, personne n'est officiellement au courant. Mais, visiblement, ils savent. Ils ne seraient pas mieux informés si mes conversations avec Charpentier étaient retransmises par haut-parleur dans la cour. Même Darin et Lucas sont bizarres. Je n'ai reçu aucun élastique à l'arrière de la tête en cours d'anglais, personne n'a essayé de me bousculer dans l'escalier. Ils me respectent. Je suis devenu tabou.

Je viens de changer de statut. Jusque-là, j'étais un

bon à rien comme les autres. Désormais, je suis un bon à rien pas comme les autres. Une sorte de pauvre martyr un peu taré. J'ai gagné une nouvelle identité et je fais tout ce que je peux pour lui ressembler. Je regarde autour de moi d'un air paisible et lointain. Je souris un peu comme Jeanne d'Arc quand il est bien clair qu'elle va finir au bûcher. Je marche doucement, comme si j'avançais sur un nuage. J'ai l'allure d'un homme qui ne craint plus rien (car il est déjà condamné). Ceux qui sont dans l'ignorance me persécutent bêtement. Ceux qui sont dans la vérité m'admirent en silence. Je regrette que Lison ne soit pas au collège pour profiter de ma nouvelle personnalité. Elle verrait comme je suis admirable et elle s'en voudrait à mort de m'avoir lourdé. Malheureusement pour moi, elle est dans un collège qui ne fabrique que la fleur de la crème du gratin des bons élèves d'excellence de la République. Elle vit dans un monde auquel je ne peux même pas rêver. Dans ce genre de collège, ils ne savent pas ce que c'est qu'un tag. Ils sont restés à l'époque de Napoléon. La peinture, pour eux, ça s'étale sur un tissu et ça sert à peindre l'Empereur.

Une fille comme elle n'aurait jamais dû sortir avec moi. Dans un film de science-fiction, la police l'aurait arrêtée et envoyée en clinique de désintoxication, et moi on m'aurait déporté dans une prison russe gelée. Dans un sens, je trouve rassurant qu'on soit sortis ensemble, même si ça n'a pas duré. Notre idylle était condamnée. Il faudra que je lui explique ça, notre amour interdit et le reste. Avec ma nouvelle personnalité romantique, j'ai peut-être des chances de l'intéresser.

Je rêve, je rêve, mais pour le moment, celui que j'intéresse, c'est le prof de SVT.

– Antoine ! Je ne vais pas vous demander l'impossible… Mais si vous pouviez seulement faire semblant de suivre le cours…

Qu'est-ce que je lui ai fait ? D'habitude, il m'oublie au fond de la classe et on est tranquilles tous les deux. Je suppose que l'information a circulé en salle des profs. Ils se sont monté la tête. Ils ne m'aimaient déjà pas beaucoup, mais là je viens de changer de catégorie. Je suis passé d'emmerdeur potentiel à délinquant avéré. Je suis un élément incontrôlé à surveiller en permanence.

– Thomas ! Votre voisin s'est endormi, soyez gentil de lui rappeler où nous en sommes…

Thomas rougit, bredouille, pose timidement le doigt sur mon polycopié. Je ne l'envie pas. Le pauvre. J'ai des ennuis, peut-être, mais mon honneur est intact.

Sans vouloir le rabaisser, je le trouve, lui, assez largement déshonoré, et sans qu'il soit vraiment sûr d'éviter les ennuis.

Le prof se décide enfin à revenir à son cours, et je crois entendre chuchoter à mon côté quelque chose comme « kebab ». Kebab ? Il me prend pour qui ? Pour un estomac ? C'est vexant à la fin. J'avais le sentiment d'être un rebelle, un peu minable mais rebelle quand même, et il me traite comme un mendiant... Je regrette de ne pas les avoir faits moi-même, ces tags. Plus jamais de ma vie je ne mangerai de kebab, avec ou sans toi, Thomas. Fini pour moi.

Voilà le résultat. J'essaie d'être gentil et ce que je gagne, ce sont des relations pourries avec des gens que j'aime depuis la maternelle. Tout ça pour un truc que je n'ai même pas fait... Qu'est-ce que ce sera quand j'aurai vraiment déconné ?

À la cantine, le déjeuner habituellement immangeable est exceptionnellement répugnant. Je fourre deux morceaux de pain dans ma poche et je sors vite fait dans la cour. Gabrielle me rejoint.

– C'est drôlement bien ce que tu fais pour Thomas. On est tous avec toi. Et puis tu verras, ça passe vite, une semaine...

J'ai envie de hurler que Thomas ne m'a pas laissé le choix. Que je ne suis pas un brave type mais une poire. Que je me suis mis dans une situation impossible. Mais je ne peux pas. Gabrielle me contemple avec des yeux émerveillés. Et là, je suis pétrifié par des pensées médusantes : pourquoi suis-je obsédé par Lison plutôt que par Gabrielle ? Tout serait tellement plus simple si je l'aimais, elle et sa psychologie des cœurs blessés. Pourquoi les récompenses ne vont jamais à ceux qui les méritent ? Est-ce que le monde est mal fait ? Est-ce que c'est moi qui débloque ?

Je pose une main affectueuse sur l'épaule de Gabrielle et je réponds :

– Mais oui, ma grosse, ça va passer vite…

11.

Quelquefois, je préfère le collège. Chez moi, ma nouvelle personnalité fait un bide complet.

– Qu'est-ce que c'est que ce sourire idiot ? demande ma mère. Tu as mal au ventre ?

Et plus tard :

– Arrête de marcher sur la pointe des pieds... Je ne t'entends pas arriver. Ça m'angoisse.

Ma vocation héroïque n'intéresse personne. Et je constate que si j'ai inventé le sourire admirable, mon père est à l'origine du sourire narquois. Le sourire narquois est destiné à me faire savoir qu'il n'est pas dupe. Pas lui, pas mon père, non. Rien ne lui prouve que Thomas Grandjean est l'auteur des tags. Seulement, il est obligé de s'en tenir à la version de son fils. Autant dire à rien. Mon père ne me fait aucune confiance. S'il passait plus de temps à la maison, il aurait des raisons de se méfier. Mais pour un type qui n'est jamais là, je trouve qu'il exagère. Il me soupçonne sans preuve. C'est du préjugé.

Pour ma mère, c'est un peu différent. Le problème ne porte pas sur la confiance. Elle a décidé de croire n'importe quoi. C'est entièrement sa faute, et il faut reconnaître qu'elle assume. Mais elle pense que je ne peux pas faire autrement que de me sacrifier. Elle ne voit pas pourquoi il faudrait en faire une histoire. Pour ma mère, ce que je fais de bien est normal. Le reste ne vaut pas la peine qu'on s'y intéresse. L'affaire est close, n'en parlons plus. Parfois, je me sens très seul avec moi-même.

L'avis officiel de TIG pour tag arrive par la poste dans une indifférence bienveillante. Ma mère l'aimante sur la porte du frigo. On sait jamais... Je pourrais l'oublier. La seule chose qui la tracasse vraiment, c'est l'heure à laquelle il va falloir se lever. Six heures. La fin du monde. Je m'apprête à subir la plus grande injustice de mon histoire et ma mère ne pense qu'à son sommeil.

Je parle, je parle, mais ce que pensent mes parents ne me passionne pas. Ce que pensent les parents n'a d'intérêt en général qu'en fonction de ce qu'ils sont capables de faire en réaction. Leur force tient dans leur pouvoir de nuisance. Celle qui m'occupe l'esprit, c'est Lison. La meilleure solution serait de ne rien lui dire. D'être un héros discret. Je lui raconterais mon exploit plus tard, des mois plus tard… Alors, elle serait époustouflée par mon héroïsme et surtout par mon noble silence. Un type qui souffre sans mot dire est toujours plus impressionnant qu'un type qui se roule par terre en couinant. Si j'étais dans un film, je me tairais. Dans la réalité, je ne peux pas m'empêcher de lui envoyer un texto pour qu'elle m'appelle d'urgence (mon forfait est grillé). Comme d'habitude, elle attend deux jours pour faire mon numéro. Vieille stratégie pour laisser croire qu'on a trop d'amis, trop de trucs trop géniaux à faire dans la vie, et qu'on n'a besoin de rien de plus dans l'existence. D'accord, Lison. Je veux bien faire semblant d'être la cinquième roue de ton chariot. Si ça te fait plaisir…

Donc Lison attend vendredi soir onze heures pour appeler. Je suis dans ma chambre et j'écoute la radio dans une sorte de coma désespéré. Le téléphone sonne pendant qu'une fille de seize ans raconte qu'elle est enceinte de son prof de gym… Que faire ? Je décroche, bien obligé.

Il ne me faut pas quarante secondes pour lui déballer l'histoire, et Thomas qui tague mon agenda, et le voyage à Verdun, et Darin qui pique mon sac, et

Charpentier qui joue Sherlock Holmes, et mes parents qui s'en fichent complètement, et moi qui fais la poire, et mon tig, lundi, à sept heures... Je n'ai aucune pudeur, voilà la vérité.

– Antoine ! gémit Lison. Je ne comprends rien... Tu ne veux pas qu'on boive un café ? Demain ? Chez toi ?

Elle ne me trouve peut-être pas encore admirable mais elle est déjà prête à traverser la ville pour venir s'enfermer dans ma chambre. Je me sens très heureux, rempli de paix et de promesses de réconciliation. Quand elle raccroche, je retrouve ma radio. Je m'endors sur mon casque tandis que la pauvre fille est toujours enceinte de son prof de gym. En voilà un qui mériterait un tig d'honneur.

Le samedi se passe à chasser des moutons virtuels sur l'écran de la prairie. J'ai quasiment éradiqué l'espèce et il fait presque nuit quand on daigne sonner à ma porte. Par chance, mon père est parti à vélo (il ne fait pas que travailler, il pédale aussi), et ma mère s'est enfermée dans la cuisine. Je fais entrer Lison dans ma chambre, et je lui décris pour la deuxième fois la triste (mais remarquable) situation dans laquelle je me retrouve. Mon récit est sans doute un peu embrouillé par l'émotion. Ou alors mon histoire est tellement absurde qu'elle en devient incompréhensible. Toujours est-il qu'à force de questions, elle finit par comprendre l'essentiel. Elle entrevoit enfin ma nouvelle personnalité. Elle me regarde avec un intérêt nouveau et son visage s'éclaire. Elle m'adore au moins pour les cinq minutes qui vont suivre. C'est le moment ou jamais de m'approcher d'elle et de poser gentiment la main sur sa cuisse... quand elle s'emballe et qu'elle ajoute :

– Antoine ! Pourquoi tu ne m'as jamais dit que tu étais ce genre de type ?

– Qu'est-ce que tu veux dire ? Quel genre de type ?

– Le genre qui se sacrifie contre l'injustice... C'est trop courageux. Ça me fait mal au cœur que ça retombe sur toi. Je vais passer te voir, dans la semaine, je te promets...

Elle pense probablement qu'elle est merveilleuse et solidaire. Je la trouve plutôt exaltée.

– Faut pas non plus exagérer... D'abord j'avais une grosse pression. Et en plus, si on fait le total, je vais faire cinq heures de ménage... À un poste de débutant. C'est pas la fin du monde non plus...

– N'empêche. Si les autres te laissent tomber, tu peux au moins compter sur moi pour te soutenir !

Allons bon... Comment lui dire que je me soutiens

très bien sans elle… Et qu'est-ce qui m'a pris de lui raconter mes salades ? Je vais lui dire de renoncer quand elle pose gentiment la main sur ma cuisse. Qu'est-ce que vous auriez fait à ma place ? Je l'embrasse. Mais c'est un baiser gâché. Je voulais une amoureuse qui m'admire, et ce que je viens de trouver, c'est une assistante à la personne qui me plaint. Je suis déçu, presque mélancolique, d'un coup. Est-ce que Murphy s'attaque aussi aux histoires d'amour ? Ce gars ne respecte donc rien ?

12.

J'ai mis l'alarme. Je l'ai même répétée trois fois. Mais c'est ma mère qui me secoue. Mon père aurait pu s'en charger mais il est parti pour une semaine. C'est ma chance dans mon malheur. Je suis dispensé de ses remarques sarcastiques pendant la durée de ma peine.

– Antoine ! Antoine ! Lève-toi !

Soit je n'ai pas entendu, soit j'ai arrêté la sonnerie dans mon sommeil. Je ne me souviens de rien. Je dois être un cas rare de somnambulisme. Je roule hors de mon matelas, je me hisse sur mes jambes. Tout est très hivernal, très noir, très cotonneux. Comment font les gens qui se lèvent chaque jour à six heures, mystère. Ou alors, ils appartiennent à une autre sorte d'humanité. C'est une mutation de l'espèce.

Dehors, une petite pluie glacée balaie la rue déserte. Quelques ombres glissent sur les trottoirs. En temps ordinaire, quand je sors de chez moi, une foule d'enfants plus ou moins vieux se pressent vers les écoles, les collèges et les lycées. La vie a commencé, la vraie vie des familles et des écoliers. Eh bien, je suis en mesure de vous informer qu'avant sept heures, le monde en est toujours à l'étape Création. Je peux même dater assez précisément le Big Bang : sept heures du matin. Avant, c'est solitude glacée du Grand Rien.

Personne devant le collège. Incroyable. C'est presque beau tellement c'est vide. Je baisse ma capuche sur mes yeux et j'attends. L'équipe me fera entrer avec elle, c'est du moins ce que m'a affirmé Charpentier. J'espère qu'elle sera à l'heure, l'équipe. Sinon je vais mourir gelé devant la porte du collège, ce qui serait une punition excessive même pour un crime de tag. Cela dit, Lison serait condamnée aux remords et aux regrets et au deuil affreux pour le restant de ses jours et ce serait juste bien fait pour elle…

Je ne meurs pas. Lison s'en sort bien une fois de plus. Un grand type me regarde sous le nez.

– C'est toi, le délinquant ?

Vu que je suis seul, je suis obligé de répondre oui, ce qui, je le note en passant, ressemble à des aveux extorqués. Rassuré de savoir que je suis bien le voyou prévu, le grand type sort sa clé et ouvre la porte du collège. Trois dames un peu grosses nous rejoignent.

– Salut Jerry ! C'est le gosse ? demande l'une d'elles.

– Il paraît, répond Jerry. Allez, si tout le monde est arrivé, on y va…

– Sauf que Bébé n'est pas là, remarque la dame.

– Tant pis pour elle, dit une de ses copines. Elle peut rester dehors.

– Celle-là, c'est pas possible, ronchonne le type. C'est toujours quand ça l'arrange…

Ils s'engouffrent tous les quatre dans le hall et je vais les suivre quand on entend crier dehors.

– Hé ! Fermez pas la porte ! Je suis là !

– Garde la porte, le jeune ! me lance une des dames. Tu la feras entrer.

Et elle détale pour rattraper les autres. Seul dans l'entrebâillement, je me prépare à voir entrer Bébé…

Si je pensais jusque-là avoir des ennuis – et même de gros ennuis –, ce n'était rien par rapport à ce qui va m'arriver à partir de maintenant, à ce moment précis où, dans le monde encore incréé des origines, je fais la connaissance de Bébé. Sa puissance cataclysmique réduit à rien les maigres tentatives d'un Thomas Grandjean. Bébé, c'est une sorte de divinité de la Catastrophe, la manifestation physique de la loi de Murphy. À elle seule, elle est la Prophétie de l'Emmerdement Maximum Enfin Réalisée. J'ai l'air de me plaindre, mais, à ce niveau de nuisance, elle transfigure l'existence. Elle en fait une fantasia, un feu d'artifice. Si j'étais un type reconnaissant, je remercierais Thomas à genoux pour avoir permis ma rencontre avec elle. D'ailleurs, je le ferai un jour. Quand les dommages collatéraux et autres effets secondaires de la transfiguration auront passé…

– Alors ça ! Un gnome ! remarque la fille encapuchonnée qui se plante devant la porte. Qui t'es, gnome ?

Elle me regarde. Un jean, un sweat, des yeux rieurs soulignés de noir, des cheveux frisés qui lui font une auréole autour de la tête… Je ne peux pas croire qu'elle fait partie de l'équipe d'entretien. On dirait une élève de terminale.

– Et toi ? Qu'est-ce que tu fais là ?

Elle se met à rire.

– T'en poses des questions ! Je travaille, tiens !

– Avec eux ? Les autres, là ?

– Ben oui, innocent ! Avec mes collègues quoi.

– On croirait pas.

– Si j'avais pu choisir, je dis pas que j'aurais pris ceux-là. Mais ça va pas durer toujours. Et puis c'est déjà un boulot… Mais toi ? Me dis pas qu'on t'a embauché… T'es tout petit encore !

Elle est vexante à la fin ! D'abord, je ne suis pas si

petit. Je suis plus grand que ma mère et bientôt je vais dépasser mon père.

– Je suis en troisième quand même…

– Trop mignon ! Un troisième ! Mais ça me dit pas ce que tu fais là, les profs sont même pas encore arrivés…

– Je suis puni. Pour la semaine.

Elle grimace. C'est marrant : la grimace ne la rend pas moins jolie. Elle est drôle en plus.

– C'est ça, ta punition ? Travailler avec nous ? Je rêve…

– J'y suis pour rien. Je suis désolé.

– Alors moi, tu vois, mon petit biquet, je suis punie tous les jours. C'est rigolo, non ?

– Très.

Je ne vois pas ce qu'il y a de rigolo là-dedans mais j'ai envie d'être d'accord avec tout ce qu'elle dit. J'aimerais juste qu'elle ne m'appelle pas « mon petit biquet ». Nous en sommes là des présentations quand la voix de Jerry retentit à l'autre bout du hall.

– Hé là-bas ! Qu'est-ce que vous fabriquez ? C'est déjà la pause ou quoi ?

– Bouge ton cul, mon biquet ! murmure Bébé. Sinon, Dark Vador va le botter !

13.

Je récapitule : Jerry s'appelle Dark Vador et les trois grosses dames déclarent se nommer Samia, Karine et Dorothée.

– J'arrive pas à retenir leurs noms, m'explique Bébé. Elles se ressemblent trop.

La vérité m'oblige à dire qu'à part ce léger surpoids qu'elles ont en commun, la ressemblance ne saute pas aux yeux. Mais elles sont de la même génération que Dark Vador. L'âge doit constituer une ressemblance suffisante aux yeux de Bébé qui a l'air d'une gamine à côté d'elles.

– Bébé, c'est ton vrai prénom ?

– Ce serait trop de chance, Biquet. En vrai, je m'appelle Félicité.

– C'est joli, Félicité.

– Joli ? N'importe quoi !

Elle met les mains sur sa taille et esquisse deux petits déhanchements.

– B. B. Comme Beyoncé. Je lui ressemble, non? Avoue!

Pour le coup, c'est vrai, elle lui ressemble un peu. En même temps, sitôt qu'elles se maquillent, pas mal de filles s'arrangent pour ressembler un peu à Beyoncé.

– Allez... Dis-le que je lui ressemble!

Il est à peine sept heures et je ne suis pas au meilleur de ma forme. Mais je me débrouille pour trouver une réponse adaptée.

– En plus jolie.

– C'est ça... Fiche-toi de moi!

– En plus jeune alors.

– Bon, si tu veux... On va pas passer l'heure sur cette salle... Va plus vite avec ton grattoir!

Au début de l'heure, Dark Vador m'a fourré un grattoir dans les mains, et la mission super excitante de décoller tous les chewing-gums collés sous les tables.

– Ceux qui abîment, ils doivent aussi réparer, m'a-t-il dit. C'est pas toujours aux mêmes de nettoyer les saletés!

Dans un sens, je suis d'accord avec lui. Mais je trouve un peu injuste de confier à un seul délinquant la tâche surhumaine de nettoyer les nuisances de générations de collégiens. Il faut savoir que le chewing-gum mâché devient très dur en vieillissant. Quand il sèche, il adhère au bois de la table, un peu comme un vieux coquillage colle à son rocher. Il faut une énergie de fou pour lui faire lâcher prise. Je suis dans cette salle depuis presque un quart d'heure et j'ai beau gratter aussi fort que je peux, je n'ai pas nettoyé cinq tables. Les gens ne se rendent pas compte... Si j'étais prof, on n'en serait pas là. Je filerais un conseil de discipline au premier imbécile que je vois mâchouiller, ce qui réglerait la question assez vite.

En attendant, je décolle, je décolle... et Bébé passe joyeusement la serpillière. On ne s'ennuie pas. Je n'ai jamais autant bavardé dans une salle de classe. Merci, Karine ! Quand elle m'a dit que nous ferions équipe, Bébé et moi, j'ai pensé qu'elle était vraiment gentille de nous laisser entre jeunes.

– Tu crois que c'est pour te faire plaisir ? m'a détrompé Bébé. C'est parce qu'on les embête à traîner dans leurs pattes ! Jerry est trop content de se retrouver tout seul avec Samia parce qu'il sort avec elle. Et Karine et Dorothée veulent être tranquilles pour se raconter leurs salades de bonnes femmes. Sans compter qu'ils se partagent une Thermos de café et que ça les tuerait de nous inviter à boire une tasse... Moi encore, ils me supportent parce que, quand même, j'en nettoie, des salles… Mais toi, c'est comme si t'existais pas.

– Tu dis ça pour me déprimer ou tu as une autre raison ?

– Un peu pour te déprimer, mais pour le reste c'est vrai que Dark Vador sort en douce avec Samia et que les deux autres elles arrêtent pas de cancaner.

– Comme nous ?

– Sauf qu'elles déballent des trucs vraiment intimes, tu vois le genre…

– Le genre grosses confidences à la radio ?

– C'est ça.

J'attaque mon septième chewing-gum quand Bébé m'abandonne pour commencer une autre salle. Il faut que nous ayons terminé l'étage pour huit heures. J'ai intérêt à accélérer la cadence. Quand je la rejoins avec mon grattoir, elle est en train de laver le tableau à grands coups d'éponge.

– Moi, tu vois, ça m'aurait plu de faire maîtresse sur l'estrade et d'effacer les tableaux. Quand j'étais gamine, j'étais plutôt bonne en classe. Mais bon… après… ça m'intéressait moins, alors j'ai fait l'andouille. C'est bête, hein ? Maintenant, ce tableau, je suis bonne qu'à l'essuyer, jamais j'écrirai dessus.

– Je regrette. J'aurais bien aimé t'avoir comme prof.

– Je te crois ! Seulement, la question c'est : qu'est-ce que tu veux que je t'apprenne ?

– À décoller les chewing-gums ?

– Oui, ben pour le moment, j'aime autant te dire que t'es loin de la moyenne. Tu bavardes tout le temps et en plus sincèrement t'es nul. Sans vouloir te commander, tu ferais mieux de travailler dans tes cours. Sinon, ce qui va t'arriver, c'est qu'ils vont te jeter comme un débris et qu'après tu rencontreras personne pour vouloir de toi. Tu devras prendre n'importe quel boulot, le premier que tu trouves…

– Arrête ! On dirait mon prof principal !

– Sauf que qu'est-ce qu'il en sait du travail, ton prof principal ? Sa vie, c'est : avant je regardais le tableau, maintenant j'écris dessus. Tu parles qu'il est au courant… Moi, je peux t'expliquer la vie, mon biquet. Moi, je peux te raconter des choses que t'es pas assez instruit à ton âge pour savoir…

Elle parle, elle parle sur son estrade. Je gratte, je gratte, à genoux sous les tables. J'ai mal au bras à sept heures vingt. Très mal à sept heures vingt-cinq. Trop mal à sept heures trente… Je suis de plus en plus lent et Bébé est bien obligée de me laisser tout seul. Je peux à peine me servir de mon bras. Un petit coup dans le bois de temps à autre pour donner le change… C'est le moment que Dark Vador choisit pour passer l'inspection. Il entre dans la salle et pose sur moi un long regard dégoûté.

– Si tu vas pas plus vite, mon garçon, c'est pas la semaine que tu vas passer ici, c'est le mois. On t'a pas pris pour jouer sous les tables…

Bébé a dû l'entendre arriver parce qu'elle pointe le nez dans l'embrasure de la porte.

– Non non, Jerry, il fait du mieux qu'il peut. C'est un vrai petit biquet. Il va s'habituer au geste, ça vient pas en une fois. S'il faut l'occuper jusqu'à huit heures, on devrait lui donner autre chose à faire.

– Dis donc, toi, je t'ai pas demandé ton avis !

Le problème avec Dark Vador, c'est qu'il se sent obligé de faire le chef.

– Ça, quand on n'a jamais travaillé de sa vie, c'est sûr que ça change… Donne-lui le détachant. Il va effacer les cochonneries qui sont écrites sur les tables. Passer du dessous au dessus, ça va le remettre à l'endroit.

Là-dessus, il nous laisse et Bébé file chercher le matériel. Quand elle revient, elle débouche une bouteille en plastique qu'elle me tend enveloppée d'un chiffon.

– À ta place, j'irais pas me coller le nez dans le chiffon. Parce qu'en revenant dans ta classe, c'est pas seulement que tu seras un voyou, c'est qu'en plus tu seras défoncé, et ça, c'est pas tellement scolaire...

Merveilleux. Tout ce que j'ai gagné, c'est l'asphyxie. Je passe mon dernier quart d'heure à ne pas respirer pendant que Bébé finit l'étage. Je frotte en apnée. Si je tenais les salopards qui ont usé leurs marqueurs sur les tables, je les noierais dans le dissolvant... Pendant que je médite des vengeances atroces, j'entends venir à moi, du rez-de-chaussée, le remue-ménage familier qui annonce que la vie a repris. L'heure de tig tire à sa fin. La journée va commencer. J'ai juste envie d'aller me coucher...

14.

J'ai rendu mon grattoir, ma bouteille et mon chiffon. J'ai salué poliment Dark Vador et les trois dames. J'ai dit au revoir à Bébé.

– Tu me fais pas la bise ? a-t-elle demandé.

Puis je me suis planté dans la cour pour voir entrer mes bons professeurs et mes chers camarades. C'est bien la première fois de ma vie que je suis le premier arrivé. Tiens, Charpentier passe devant moi… Tant qu'elle n'a pas ouvert son bureau, on dirait juste une petite femme normale, pas plus moche qu'une autre, pas plus dangereuse non plus. C'est avant la grande métamorphose… Elle ne s'est pas encore transformée en CPE.

Frédéric Liu arrive un peu après, flanqué d'Adèle Sainjon qui le scotche sans arrêt sous prétexte qu'ils sont voisins. Au moins, ils se font de la compagnie ces deux-là. Ce n'est pas pour les critiquer mais il faut reconnaître que ce sont des tout-seuls. À part un marginal comme moi, personne n'a trop envie de lier conversation avec eux. C'est pas tellement qu'ils ont l'air prétentieux, c'est qu'ils n'ont jamais de trucs vraiment intéressants à raconter.

Le plus marrant, c'est que parfois j'aimerais être comme eux. J'arrêterais de sortir avec des filles qui me pourrissent la vie, de demander des conseils à des gens qui me répondent n'importe quoi, d'être copain avec le premier qui me tend la main... Je pourrais me consacrer à mes études. Peut-être même lire des livres et regarder des films, on ne sait pas. Réfléchir à mon avenir et à tous ces trucs dingues que je ferai quand je serai vieux et chômeur.

– Pas trop dur ? demande Frédéric.

Il n'y a pas d'ironie dans sa voix. Il semble même sincèrement concerné. Du coup, je n'ai pas trop envie de me plaindre. C'est vrai, je rêve de rentrer chez moi. Mais pour être franc, le tig n'y est pour rien. Je rêve de rentrer chez moi tous les jours, toutes les heures, tout au long de l'année.

– Je crois que je vais survivre.

Ils hochent la tête, d'un même mouvement. Ils ressemblent aux chats porte-bonheur rangés en ligne dans la vitrine des magasins japonais, qui saluent les passants à longueur de journée.

Huit heures et demie approchent. Ça se presse à l'entrée. Le vrai chic est d'arriver pile pour la sonnerie, pas une seconde avant. Soudain, ils sont là, tous mes amis… Gabrielle me serre dans ses bras comme si je venais de réchapper d'un tsunami. À quelques mètres, Thomas me regarde d'un air transi. Je souris à mes followers, c'est un peu ma minute de célébrité. Et j'en profite pour faire une annonce publique.

– Mes grosses ! dis-je à voix forte et audible pour être compris de tous. Le premier ou la première que je prends à coller son chewing-gum sous sa table, je vous avertis, je le démolis. Direct.

– Heureuse de vous l'entendre dire, susurre dans mon dos la voix de Charpentier. N'hésitez pas à faire une communication sur les graffitis, le jour où vous vous sentirez concerné…

Elle est repassée par la case bureau. Elle est redevenue une terreur. C'est étonnant comme une femme d'allure aussi modeste peut tout gâcher quand elle entre en fonction. J'attends qu'elle soit rentrée dans sa tanière et je refais l'annonce.

– Grosses et gros ! Je retire ce que je viens de dire ! C'était mon avis personnel mais je reconnais maintenant que c'est plutôt celui des CPE. Donc que chacun colle ce qu'il veut coller...

Là, je me retourne. Normalement, en vertu de Murphy et de sa loi, je devrais avoir un principal, un prof, un pion à moins de deux mètres, prêt à m'assommer de sanctions et autres avertissements. Mais non... Zéro VIP alentour. Murphy, mon bon Murphy, m'as-tu abandonné ? Une bouffée d'espoir vient chasser de mes poumons tout le détachant qui y stagnait encore. Aurais-je dépassé le stade de l'Emmerdement Maximum ? Serais-je bon pour la décroissance ? Ma vie va reprendre son cours normal. Une petite semaine avec Bébé et hop, fin de la galère extraordinaire ! Retour à la galère ordinaire. Je ne m'en sors pas si mal pour finir.

La première heure, c'est géo. J'aimerais bien m'intéresser mais je n'arrête pas de penser que cette salle, dans laquelle nous sommes tous assis, je la connais mieux que personne. Je connais sous les tables des traces de chewing-gum ignorées de tous. Je connais la moindre imbécillité écrite sur le bois, « Sarah je t'aime » et « Kill Kill Tomasi ». Ce tableau où le prof écrit des noms de villes, j'ai vu Bébé le laver. Et je remarque au passage que j'étais plus heureux, plus concerné et même plus éveillé quand c'était elle qui m'expliquait la vie... Tout le monde se fiche de savoir que cette salle existait avant d'y poser son derrière. Moi seul dans cette assemblée, je sais. C'est énorme. J'en suis là, à me congratuler, quand le prof remarque que j'ai la tête ailleurs.

– Antoine !

– Oui...

– Eh bien ?

– Je note, monsieur, je note.

Un soupir de sympathie court à travers la salle. Tous mes admirateurs me regardent avec bienveillance. Allez, j'avoue : c'est trop bon d'être populaire. Du coup, je baisse modestement la tête et je fais semblant d'écrire des trucs sur ma feuille.

L'heure suivante, cours d'anglais, je la consacre à étudier en silence cette question : sachant que le tig doit me remettre dans le droit chemin, et sachant que je ne peux pas suivre les cours parce que je pense sans arrêt à Bébé et au dissolvant, comment évaluer le bénéfice de la punition ? À mon avis, il est nul. D'une part la punition est plutôt sympa, d'autre part je ne crois pas qu'elle va m'améliorer. Est-ce que ce n'est pas ce qui se passe avec la prison ? Ma mère prétend que les gens entrent simples voyous et sortent criminels confirmés. Ma mère… Si elle n'était pas ma mère, je serais content de discuter avec elle. Des fois, je préférerais qu'elle soit juste une bonne femme qui m'aurait ramassé dans la rue. N'importe qui sauf ma mère. Je pourrais peut-être lui parler. Enfin, je crois. C'est étonnant tout ce que je peux penser pendant les heures de cours. Je sais bien qu'il s'agit de pensées clandestines et complètement inutiles, mais quand même. Ça fait du volume. Dommage que cette énorme quantité de choses pensées par tous les élèves qui s'ennuient ne serve à rien… Si on pouvait la transformer en énergie par exemple, ce serait une sorte de révolution mondiale et un grand progrès pour la planète.

La troisième heure, c'est maths. Ooooooh. C'est tellement long… Je m'ennuie au-delà de tout… Jamais je ne me suis autant ennuyé… Je n'arrive même plus à penser à des choses inutiles… Mon corps va peut-être exploser, ou alors se liquéfier, ou alors c'est mon cerveau qui va lâcher et je vais juste mourir… Où es-tu, Bébé ? Comment je vais tenir jusqu'à ce soir ? Si seulement je pouvais faire tig toute la journée…

15.

– Tu es sûr ?

J'aimerais autant qu'il me lâche, mais Thomas tient absolument à me raccompagner. Il s'arrête à la boulangerie. Il m'achète un sachet de crocodiles en gomme. Je lui ai pourtant signifié que j'étais incorruptible. Mais qui a le mental assez puissant pour résister à toute une tribu bariolée de petits crocodiles ?

– Oui je suis sûr.

– Sûr comment ?

– Sûr de sûr.

Je ne m'étends pas. J'ai la bouche pleine de crocodiles. Si ça l'intéresse tellement, il n'a qu'à y aller, lui, gratter les tables.

– An-toi-ne, dit-il en détachant bien les syllabes (je ne sais pas ce qui lui prend, il s'est mis à parler comme une sorte de gourou ou de médium ou de vieux voyant). À-par-tir-de-main-te-nant, tu-peux-mede-man-der-n'im-porte-quoi, je-le-fe-rai. Sauf-si-c'est-une-his-toi-re-de-tag, on-se-com-prend.

– Et une histoire de drogue ?

– Non plus.

– Une histoire de vol ?

– Pfffff… Pas le vol non plus.

– Assassinat, viol, cyclone, tsunami ?

– Arrête ! Je suis sérieux.

C'est vrai. Il a même l'air tout chamboulé.

– Pas de panique, ma grosse… Donc, à quelques petites exceptions près, tu fais tout ce que je veux ?

– C'est ça.

– Merci. Je me sens très soulagé d'un coup.

Je plaisante mais Thomas ne remarque rien. Il est trop ému par ses propres déclarations grandiloquentes. Dans un sens, il est touchant, mais dans un autre sens, j'ai mon compte d'émotions pour la journée.

– M'en veux pas, gros, mais je rentre chez moi. J'ai besoin de me reposer, là.

Il me gratifie d'un dernier regard éperdu devant la porte de l'immeuble. Il se débrouille vraiment bien pour avoir l'air fragile, faible et foireux. Et moi, comme un imbécile, je me sens splendide, puissant et miséricordieux. On est comme deux bestioles dans une fable de La Fontaine. Si je me souviens bien, c'est toujours le lion arrogant qui finit dans les choux et la modeste souris qui fait un triomphe. Je devrais me méfier, mais non, le lion arrogant est une cruche. En général, c'est même la morale de l'histoire.

Miracle ! J'ouvre la porte et je constate que ma mère a déserté l'appartement. Je me jette sur mon lit sans ôter mon sac à dos. Ni père, ni mère, orphelin temporaire. Le bonheur. Je vais m'endormir quand mon portable se met à sonner. Et là, misère… C'est Lison. Lison… Je n'ai pas pensé à elle une seule fois depuis ce matin. Elle m'est carrément sortie de l'esprit : il est là, le vrai bénéfice de ma rééducation par le tig. Pourquoi tout gâcher par faiblesse ? Je ne réponds pas. Il sera toujours temps de rappeler plus tard. Qu'est-ce que je pourrais bien lui raconter d'ailleurs ? Que j'ai rencontré une fille qui ressemble un peu à Beyoncé et qui m'appelle « Biquet » ? Pas besoin d'être le courrier du cœur pour savoir que ça ne lui ferait pas plaisir. Je reprends donc ma vie là où je l'avais laissée avant qu'elle m'appelle : je m'endors comme un bienheureux.

Sieste, récolte de fraises, dîner en tête à tête avec ma mère, surveillance des œufs de dragon, poursuite de moutons virtuels à travers la lande, et j'oublie de rappeler Lison… Je m'endors tard, je me réveille tôt. Ma mère n'y est pour rien. Cette fois, je suis debout avant elle. Elle pointe le nez hors de sa chambre, s'étonne, bredouille et se recouche. Visiblement, elle me juge assez grand pour m'en sortir seul dans la jungle du petit déjeuner. En vingt-quatre heures, j'ai beaucoup gagné en maturité. Je suis même tellement réveillé que je décide de prendre une douche. D'habitude, quand il s'agit de squatter la salle de bains, je préfère le soir et je somnole des heures dans la baignoire. C'est une erreur, j'en prends conscience en laissant l'eau chaude me couler dans le dos. Rien de meilleur qu'une bonne douche avant d'aller au boulot ! Je dois avoir un peu perdu la tête parce que je débouche le flacon d'eau de toilette de mon père... Le parfum me saute au nez comme un avertissement. Rebouche ce truc, imbécile ! Personne ne balade l'odeur de son père sur lui toute la journée ! Propre, peigné et inodore, je suis rempli d'une énergie qui ressemble à l'enthousiasme. À nous, chewing-gums et graffitis ! On va voir qui fait la loi sous et sur les tables !

La rue est toujours aussi vide, la nuit toujours aussi noire et il ne fait pas plus chaud qu'hier. Je marche d'un bon pas. Si je n'avais pas peur d'abîmer le silence, je chantonnerais. J'ai presque envie de marcher sur la pointe des pieds pour ne réveiller personne. Arrivé devant le collège, je guette la dream team. Jerry se pointe le premier et, comme la veille, Bébé est en retard. Après un petit conciliabule dont je suis exclu, on me demande de l'attendre sur le seuil de la porte entrouverte.

– Pas de problème ! On vous rejoint !

Je m'entends parler d'une voix ferme. On ne croirait jamais que je débute comme stagiaire. Même moi, j'ai envie de me faire confiance. Confiance, oui. Patience, non. Les minutes sont longues. Quand elle arrive enfin, j'ai envie de la taper. Elle est essoufflée.

– Pauvre Biquet, fallait pas rester pour moi, t'es vraiment trop mignon... glisse-t-elle en passant la porte.

Je pourrais lui dire qu'on m'a obligé, que personnellement je l'aurais volontiers laissée dehors... mais elle me colle une bise et je dis juste :

– Eh ben, Bébé...

16.

Quand nous arrivons dans le petit local où on range le matériel d'entretien, les collègues finissent d'enfiler leurs tabliers de travail.

– Bébé, tu te fous du monde, lui dit Samia.

– C'est pas ma faute, proteste Bébé. J'ai eu des problèmes.

– Tout le monde a des problèmes, répond Samia. Mais tout le monde est pas en retard.

Dorothée hausse les épaules.

– Les problèmes avec toi, c'est tous les jours. C'est ça qui va pas.

– J'y peux rien, soupire Bébé. J'y arrive pas…

– Je te le conseille, d'y arriver, menace Dark Vador qui porte plutôt bien la blouse de travail bleu marine, large sur les épaules, battante sur les mollets. Sinon, un jour, c'est des vrais problèmes que tu vas avoir, plus des salades à la Bébé.

Il me tend le grattoir et le dissolvant. C'est bizarre… j'ai l'impression qu'il m'a fait un clin d'œil. Mais c'est allé si vite que je ne suis sûr de rien. Je garde juste une sorte d'image subliminale dans la rétine. J'ai dû rêver. C'est le visage totalement fermé qu'il me lance :

– Tu le prends, ce grattoir, ou c'est pour demain ? Va falloir voir à se réveiller, mon pote !

Hier, on se tapait le deuxième étage, aujourd'hui, c'est le premier. Si je sais compter, demain ce sera le rez-de-chaussée. Je suis Bébé dans l'escalier.

– Dis, Bébé, j'ai l'impression que Jerry m'a fait un clin d'œil. C'est possible ?

– Oui, répond Bébé sans se retourner. Il fait la mauvaise tête mais il est marrant quand il veut. Même, des fois, il est gentil.

– Gentil ?

– Pourquoi tu crois qu'il sort avec Samia ? C'est pour ça. Elle me l'a dit. Dommage qu'il est déjà marié parce que franchement il est gentil, c'est même ça qu'elle m'a dit. Faut bien qu'il ait un truc. Et puis, si c'était un pourri, il m'aurait virée depuis longtemps…

Dans les classes, tout est sens dessus dessous. On se demande ce qu'ils ont fabriqué, ceux qui ont laissé leurs chaises n'importe où, comme si c'était un jeu de mettre le bazar, comme si c'était trop fatigant de ranger devant sa table. Par terre, il y a des cartouches vides, des taches d'encre, des boulettes de papier chiffonné... Est-ce qu'ils pensent que quelqu'un passe derrière eux? Sûrement non. Ils font comme si les choses se rangeaient seules, et nous, on n'entre pas dans leur champ de vision.

Je fais l'inspection des dessous de table (six chewing-gums pétrifiés) pendant que Bébé commence à nettoyer le sol. Elle est silencieuse, on dirait qu'elle boude. Je suis obligé de lancer la conversation.

– Dis, c'était quoi, ton problème?

– Oh rien... Je me suis pris la tête avec ma mère...

– T'habites encore chez ta mère?

– Tu crois quoi? Avec ce que je gagne, j'ai pas trop l'occasion d'habiter ailleurs. Et puis elle m'aide, j'avoue.

– C'est un peu comme moi, dis-je en décollant mon premier chewing-gum.

Je suis en train de me rendre compte que si je glisse le coin du grattoir par-dessous et que j'applique un léger mouvement de va-et-vient, j'ai de bonnes chances de décoller le truc d'un coup. Je m'améliore, je m'améliore...

– Sans vouloir te vexer, ça m'étonnerait que ce soit pareil, dit Bébé.

– Je voulais dire : si je gagnais de l'argent, moi aussi, ça me plairait de partir de chez moi.

– Sauf que toi, t'as que toi à t'occuper. Moi, c'est différent.

– Pourquoi ? T'as un copain ?

– Non.

– Un mari ?

– Non.

– Un animal ?

– Non.

Elle passe et repasse la serpillière sur les taches d'encre qui ne veulent pas s'effacer. Je ne pose plus de questions. Je ne veux pas qu'elle me trouve curieux ou indiscret. On travaille en silence. *Plop !* fait le chewing-gum quand il décolle. Au suivant !

– J'ai Chouchou, dit Bébé.

– Chouchou ?

– Chouchou. Mon bébé.

– Tu as un bébé ? Toi ?

– Hé ! J'ai vingt-deux ans quand même ! J'ai bien le droit !

– Oui... pardon. C'est que j'avais pas pensé...

– Je vais te dire : j'avais pas trop pensé non plus et maintenant j'ai Chouchou. Enfin, il est vieux déjà, il a sept mois.

– Et… Je veux dire… Normalement, le papa de Chouchou, enfin son père quoi…

– Il est pas vraiment dans le coup, en fait. Au début, il avait l'air bien intéressé, et après ça lui a passé, il se voyait pas dans la vie avec un enfant et tout ça.

– Et toi ?

– Moi, j'étais trop fière d'avoir Chouchou. Tu m'aurais vue, j'étais grosse comme un camion, tout le monde me regardait dans la rue. Sauf que celui qui ne m'intéressait plus tellement, c'était le copain. Au début, on est comme des fous mais après, bon, on se calme, c'est moi qui te le dis. Bref, quand j'ai commencé à ressembler à un ballon, il a dit qu'il préférait rester chez sa mère. J'avais plus très envie de le voir, ça tombe bien.

– Il le voit jamais, son bébé ?

– Ça dépend s'il travaille, ou s'il a des plans, ou quoi. C'est pas qu'il est méchant, mais il est complexe. Pire que moi, tu vois le genre.

Elle s'est hissée sur la pointe des pieds pour essuyer le tableau et c'est complètement incroyable de penser qu'elle a un bébé qui s'appelle Chouchou. J'ai l'impression d'être à la radio. Sauf que cette fois, c'est moi qui pose les questions. Je suis dans la vraie vie, je veux dire : la vie pour de vrai.

– Il est où, ton bébé, quand tu travailles ?

– Chez ma mère. C'est pour ça que j'ai des histoires. Elle trouve que je devrais m'arranger pour que ce ne soit pas toujours elle qui le garde. J'essaie, mais j'ai pas encore trouvé. Alors on se dispute et après je finis par être en retard au travail…

– Ils le savent, dans l'équipe, que tu as un bébé ?

Bébé jette son éponge dans le seau et elle se met à rire.

– Ça va pas, non ? Déjà qu'ils me prennent pour un cas social, je vais pas en rajouter…

17.

Je suis dans la cour et je les regarde entrer les uns après les autres, tous ces petits troisièmes qui ne savent encore rien des réalités de l'existence. Depuis tout à l'heure, je suis le collègue, et peut-être même l'ami, d'une mère de famille. Je suis même au courant de ses problèmes de garde. À ce stade, ce n'est plus de la maturité, c'est de la citoyenneté. J'ai changé de statut, les gars. Considérez-moi comme une vraie personne.

Apparemment, mon changement intérieur n'a pas encore affecté mon apparence extérieure. Gabrielle m'envoie une claque sur les fesses.

– Ça va, ma poulette ?

Elle ouvre son sac et elle en sort un pain au chocolat écrasé.

– C'est pour toi.

Elle au moins, je ne peux pas la soupçonner de

vouloir m'acheter. Je prends son pain au chocolat sans me poser de questions. Il est peut-être aplati mais il est tiède. Le paradis.

– Merci qui ?

– Merci, ma poulette.

Charpentier passe devant moi, se ravise, revient, s'arrête.

– Dites-moi, Antoine ! Comment se passe votre expérience ? Pas trop... matinale ? Hmmm ?

Difficile de savoir si elle se moque de moi ou si elle s'intéresse vraiment. Dans le doute, je ne m'engage pas.

– Pour moi, ça va.

– Très bien. J'espère que toute cette histoire vous servira de leçon.

Elle reprend son trajet vers son bureau et je suis fou de rage. Ce qui me met en colère n'est pas que je sois puni. C'est que mon travail soit considéré comme une bonne leçon. J'aime autant que Bébé ne soit pas à côté de moi. À sa place, je me sentirais humiliée. Si seulement j'avais le sens de la repartie... Je pourrais répondre que non seulement ça va bien, mais que je préfère cette heure du matin à toutes les heures d'ennui qui vont suivre à partir de maintenant. Je dirais quelque chose comme :

– Si j'ai le choix entre Bébé et vous, je choisis Bébé.

– Si j'ai le choix entre Dark Vador et vous, je préfère Dark Vador.

– Si j'ai le choix entre un cours de grattoir et un cours d'histoire, je prends le grattoir.

Mais je n'ai pas le sens de la repartie. Et j'imagine la tête de ma mère au conseil de discipline. Je me demande combien de temps des parents normaux peuvent supporter les embrouilles. D'autant que ni elle ni mon père n'accepteront jamais que je lâche le collège, ni même le lycée, c'est à craindre. Ils ont décidé que je me taperais tout le truc, je vais devoir aller jusqu'au bac en traînant ma misère. Et justement la misère recommence à l'instant. Ça sonne.

– On y va, dit Frédéric dans mon dos. C'est ta deuxième journée qui démarre.

Je ne vais pas me lancer dans le détail de mon agenda, d'autant qu'une vie de collégien se distingue par son côté morne et répétitif. Mais j'ai les interclasses pour constater qu'autour de moi, l'information ultra-importante de la journée, c'est que Bébé a un bébé. Même Gabrielle est sous le choc.

– Un petit garçon, c'est trop mignon !

– Ça existe comme prénom, Chouchou ? demande Pauline avec une sorte d'inquiétude.

Le seul qui fait le malin, c'est Darin. Il faut toujours qu'il se vante de surpasser les autres. Cette fois, première nouvelle, il en sait plus que tout le monde en maternité...

– Ma cousine, elle a eu son fils à dix-sept ans et j'en fais pas une histoire.

– Remarque que je ne t'ai pas invité dans la conversation, donc ta cousine, ça m'est un peu égal...

– Qu'est-ce que t'as dit contre ma cousine ?

– Laisse tomber. Je m'en fiche, de ta cousine...

– Vas-y... Répète un peu que ce que tu en penses, de ma cousine...

Le problème avec Darin, c'est qu'il cherche toujours un prétexte pour se bousculer avec quelqu'un. Si bien que personne ne peut être sûr que sa cousine a un bébé, ni même qu'il a une cousine. À la fin, on ne sait plus de quoi on est en train de parler. La seule chose dont on a la certitude, c'est que ça va se terminer par des claques.

– Arrête, Darin, dit Pauline en l'attrapant par le bras.

Pauline possède un fluide spécial Darin. Il suffit qu'elle l'approche pour qu'il se calme. On ne connaît qu'une fois où ça n'a pas marché et ça s'est terminé par une exclusion temporaire de trois jours. Plus personne, même lui, ne se souvient de quoi il s'agissait.

Enfin, si un gars comme Darin s'implique dans le débat, on peut en tirer une conclusion : les collégiens de troisième adorent les enfants (au moins les bébés), ce qui prouve qu'ils ont un cœur. C'est déjà bien d'avoir un cœur, même si ça m'étonnerait que ça fasse un atout professionnel valable, pour plus tard je veux dire.

– C'est pas que ça m'intéresse, remarque Adèle, mais il a pas un vrai prénom, ce gosse ?

– Excuse-moi de ne pas être au courant. Je demanderai à sa mère de ta part.

– Oh, moi, ce que je dis, c'est pour avoir l'air de participer.

Elle hausse les épaules et s'éloigne. On se demande pourquoi certaines personnes n'ont pas d'amis. Pour Adèle, on a la réponse : c'est parce qu'elle ne fait aucun effort. Moi, par exemple... Moi... Oh mince. Moi, je n'ai toujours pas rappelé Lison... Le retard à ce point-là, c'est presque une agression. Et je ne peux pas réparer. Pas maintenant en tout cas. La dernière fois que j'ai sorti mon téléphone dans la cour du collège (et encore, ce n'était pas pour parler, c'était pour attaquer des pastèques mutantes), une surveillante hystérique me l'a confisqué pour quinze jours. Tant pis. Je l'appellerai ce soir. Après la récolte des fraises. Dans un sens, ça me laisse le temps de trouver ce que je vais bien pouvoir lui raconter…

18.

Je renouvelle l'exploit. Je me lève avant ma mère. J'entends son réveil sonner puis plus rien. Elle ne prend même plus la peine de sortir de son lit pour vérifier. Elle s'est rendormie. Brave petite maman.

Douche, céréales et dehors. Rue silencieuse et noire. Attente bienveillante de ma mère de famille préférée dans la porte entrouverte. Rez-de-chaussée. Grattoir, dissolvant et chiffon. Si Dark Vador et les grosses dames me proposaient maintenant de partager leur Thermos, je ne dirais pas non. Sauf que visiblement les gens ne partagent pas leur café avec des boulets. On les comprend.

Je n'en suis qu'à mon troisième jour et j'ai l'impression d'être chez moi dans ces salles vides. Même le travail ne ressemble pas à une injustice. Il ressemble juste à... un travail. Je n'irai pas jusqu'à dire que je suis content. Mais c'est une sensation toute nouvelle pour moi, de me sentir à ma place dans un bâtiment scolaire.

En guise de pause, Bébé me montre des photos de Chouchou sur son téléphone. Elles sont un peu floues. Le Chouchou est très mignon, même si rien ne le distingue vraiment de quantité d'autres bébés très mignons. Enfin, c'est le sien… Apparemment, les gens sont beaucoup plus excités par leur bébé individuel que par les bébés des autres. C'est un peu comme dans les histoires d'amour. Qu'est-ce qui fait que les gens deviennent complètement toqués de personnes justes normales pour ne pas dire banales et même passe-partout ? L'amour, l'amour… Il y a beaucoup d'investissement personnel dans l'affaire. Si on ne s'emballait pas tout seuls comme des dingues, on aurait moins de problèmes. À mon avis. Oh mince… Catastrophe… Lison… J'avais prévu, après la récolte des fraises… J'ai récolté les fraises. Mais c'est après. J'ai écouté la radio et je me suis endormi comme une bûche. Peut-être que je suis trop fatigué pour être amoureux. Je devrais en parler à Gabrielle. C'est le genre de sujets qui l'intéresse vraiment. Elle pourrait augmenter sa panoplie de stratégies psychologiques en situations désastreuses. Dans mon cas, le mieux est d'attendre.

J'appellerai Lison la semaine prochaine, quand mon tig sera terminé, et que je serai redevenu malheureux à cause d'elle.

– Sincèrement, tu le trouves comment, mon Chouchou ? me demande Bébé, comme si je n'avais pas dit dix fois déjà combien il était beau et même plus que beau, splendide sublime extraordinaire divin.

– Je le trouve... (c'est terrible, je n'ai plus de mots) très très intelligent, ça se voit dans ses yeux. On ne croirait pas qu'il a sept mois (là je ne sais pas ce qui me prend, je n'y connais rien), on dirait qu'il a déjà un an.

Bébé respire un bon coup. On dirait un ballon que l'on regonfle à l'hélium de la pure satisfaction.

– Des garçons de troisième, remarque-t-elle, j'en connais pas beaucoup qui ont envie de voir mes photos. Mais toi, tu es vraiment intéressé par les bébés. Franchement, ça fait plaisir.

Je pourrais me contenter de hocher la tête mais il faut que j'en rajoute.

– Je l'adore ton bébé, dis-je en reprenant mon grattoir. Et je suis sincère quand je te le dis. Si j'avais un enfant, je voudrais qu'il lui ressemble.

– En même temps, remarque Bébé, ce n'est pas la peine que tu te dépêches d'en avoir un parce que laisse-moi te dire que c'est quand même une belle galère, et je te parle de ce que je connais.

– Je ne dis pas que j'en veux un tout de suite. Mais tu peux être sûre que je saurais m'en occuper. J'ai déjà gardé le fils de mes voisins. On ne dirait peut-être pas parce que je suis assez jeune, mais j'ai plein d'idées par rapport aux bébés.

Je suis peut-être en train d'en faire un peu trop. Bébé s'est appuyée sur son balai et me regarde pensivement.

– Toi, Antoine, soupire-t-elle, c'est pas seulement que tu es gentil, c'est que tu es mature. Ils ont de la chance, tes parents.

Cette fois, je reste muet. Est-ce vraiment moi, ce type dont elle parle ? Qu'est-ce que j'ai jamais fait de plus mature dans ma vie que de me lever avant ma mère le matin ? Et encore, depuis deux jours... Est-ce que j'ai seulement débarrassé mon bol de céréales avant de quitter l'appartement ? N'ai-je pas laissé une serviette de toilette roulée en boule par terre, devant la douche ? Et je ne suis même pas sûr d'avoir arrêté la radio en partant... Quant au fils des voisins, je l'ai gardé deux fois, le soir. Et encore, la première fois, il dormait quand je suis arrivé. Je suis un imposteur minable. Je me planque sous la table. En vain. Mon silence passe pour une preuve de sagesse.

– En plus, ce boulot, tu le fais sérieusement. Pourtant, c'est moi qui te le dis, personne ira vérifier que t'as tout gratté sous les tables. Tu pourrais saboter, mais non.

Saboter… Je n'y ai même pas pensé ! Moi, Antoine, universellement connu pour sa paresse, je suis devenu sérieux. L'idée est tellement neuve qu'elle efface mon sentiment d'imposture. Je me vois dans les yeux de Bébé, et je me trouve… comment dire… pas mal. Si bien que je me remets illico à débloquer.

– J'aime que les gens puissent compter sur moi, dis-je. Ce qu'on me demande, je le fais. Je suis comme ça.

Là-dessus, nous changeons de salle, ce qui interrompt pour l'instant les déclarations imbéciles. Quand nous nous remettons au travail, Bébé propose que nous échangions nos numéros de portable.

– Ça me ferait plaisir de garder le contact, dit-elle. Des gens qui méritent la confiance, j'en ai besoin et il n'y en a pas tellement autour de moi..

Nous avons fini le rez-de-chaussée avec dix minutes d'avance sur l'horaire. Quand nous arrivons au local de rangement, Dark Vador est déjà là. Il nous observe en fronçant le sourcil.

– Déjà ? Vous avez travaillé comme des cochons ou quoi ?

– Va voir toi-même, rétorque Bébé. C'est propre à manger par terre.

– Je ne sais pas si je dois te croire…

– Oh ! Jerry ! Regarde-nous ! On est ta super équipe junior !

Un sourire détend son visage. Et là, sans aucun doute possible, il fait un clin d'œil.

– On va dire que c'est vrai ! Vous avez mérité le fond de la Thermos ! Prends deux gobelets, Bébé, c'est ma tournée…

Je vide très doucement mon gobelet. En fait, je n'ai jamais beaucoup aimé le café. Mais celui-là, même s'il est amer et tiède, c'est un adoubement. Vous pouvez m'appeler chevalier Antoine, féal du seigneur Dark Vador, champion de la dame Bébé et de son fils Chouchou.

– Super, merci, dis-je en lançant le gobelet en plastique blanc dans le sac-poubelle.

Cette fois, Murphy est sorti de ma trajectoire. Sorti pour de bon. Nous sommes mercredi et je suis tiré d'affaire…

19.

Enlevez-moi les heures de cours et tout ira bien. J'ai découvert un charme nouveau à ce vieux collège. Je me débrouille pas mal en tant que gratteur-dissolveur. J'ai de bons amis, les anciens comme les nouveaux. Ma mère est charmante même si elle est ma mère. Mon père est d'autant plus sympa qu'il est en voyage. Je n'ai plus d'amoureuse mais c'est plus simple comme ça. Si je ne devais pas traîner ma vieille personnalité d'élève mort d'ennui, je serais juste un gars heureux. Voilà l'état de mes réflexions quand j'arrive devant la porte du collège. Je suis à l'heure, c'est mon nouveau genre, le gars toujours à l'heure. Bébé, elle, est en retard. Très en retard. Toujours plus en retard. Et Dark Vador est furieux.

– Quand je pense que je lui ai filé un café hier... rugit-il en enfilant sa blouse. Ça me rend malade, tiens !

J'ai gardé la porte une dizaine de minutes avant qu'il vienne me chercher.

– Ça suffit. Tu rentres maintenant.

– Et si elle arrive ?

– Elle n'a qu'à sonner. Tu iras ouvrir. Si elle se décide à venir, cette fainéante… En attendant, tu commences. Tu l'as vue faire ? Tu fais comme elle. Tu mets les chaises sur les tables et tu passes la serpillière. Si on n'a pas le temps d'essuyer les tableaux, on les essuiera pas, hein, mon gars ? Allez vas-y. Débrouille-toi.

– Je suis seul ?

– Tu veux quoi ? Que je te tienne la main ?

Il me laisse le rez-de-chaussée. Au moins, je suis sûr d'entendre si elle sonne. Puisque je suis seul, je décide de changer la méthode. Fini le salle à salle. D'abord, je vais mettre les chaises sur les tables dans toutes les salles. Ensuite seulement, je passerai le balai. Normalement, je devrais gagner un peu de temps. Sans compter que, si je n'arrive pas à faire le sol, on pensera quand même que quelqu'un est passé. Pour un type qui hier encore était préposé au grattage du chewing-gum mâché, c'est une belle progression. En plus, tout seul, je suis mon propre chef. J'adore être mon chef, réfléchir à mon organisation et me donner des ordres.

Je suis en plein chantier chaises-tables quand ça sonne à la porte d'entrée. Sept heures vingt passées, c'est elle. Je cours lui ouvrir et elle se glisse à l'intérieur.

– On dirait que je suis en retard, hein mon biquet ? dit-elle.

Elle ne s'est pas maquillée. Elle a dû se lever à la dernière minute. Nous sommes encore dans le hall quand elle m'arrête.

– Regarde ! J'ai pensé à toi.

Elle ouvre largement son manteau. D'abord je pense qu'elle porte son sac à dos sur le ventre, ce qui est une étrange idée. Puis je remarque que le sac à dos fait un petit bruit. Genre : « Hmmm... Pffft pfffft... » Alors je pense, c'est pas possible, elle est venue avec un chiot ! Là-dessus, le sac à dos se met à remuer. Quelque chose sort sur le côté, qui n'est pas une petite patte velue. Non. C'est une petite main grassouillette. Je lève les yeux vers Bébé qui me sourit.

– C'est lui. Mon Chouchou. Je me suis dit que tu serais trop heureux de le connaître.

Elle descend le sac à dos/porte-bébé et Chouchou se tortille de son mieux pour s'extraire. Il ouvre une grande bouche où étincellent quatre dents minuscules et carrées. Ça m'a l'air d'un sourire. Trop gentil. J'avance la main et je lui gratte la tête. Il rit.

– Il t'adore, c'est clair, constate Bébé qui l'attrape, le dégage d'un coup et me le tend.

Chouchou a l'air très content de se retrouver dans mes bras. Il regarde autour de nous et semble intéressé par ce qui se présente à lui. Voilà justement qu'arrive un grand type en tablier bleu marine qui s'immobilise et nous fixe en silence. Bébé lui envoie une rafale de sourires énamourés. Mais c'est peine perdue. C'est moi qu'il regarde.

– Bon Dieu de bon Dieu ! Qu'est-ce que c'est que ce cirque ? Antoine ! ?...

Bébé éclate de rire.

– Il est à moi, Jerry ! C'est mon fils ! J'avais personne pour le garder mais je voulais pas vous planter. Alors, je me suis dit que le mieux, ce serait de venir avec lui...

Dark Vador n'en revient pas.

– T'as un fils, toi, maintenant ? C'est la meilleure !

Bébé baisse les yeux, elle cache mal sa fierté sous un petit air modeste.

– Comme tu vois, Jerry. Moi aussi, je suis maman.

Si elle espérait l'admiration du chef, elle s'est trompée. Dark Vador me regarde avec consternation.

– Qu'est-ce qu'elle croit, celle-là ? Elle croit qu'on a une crèche ?

– Oh ! Jerry, fait Bébé avec une moue adorable, faut pas le prendre mal. Antoine va le garder. Gratter sous les tables, ça sert pas à grand-chose. Demain, les mômes auront recollé ce qu'il a enlevé. Tandis que surveiller mon fils pendant que je travaille, ça, c'est utile.

Chouchou essaie d'enfoncer ses doigts dans mes yeux et Dark Vador reste muet.

– Personnellement, je veux bien garder le petit garçon, dis-je à voix très douce pour ne pas brusquer notre chef traumatisé. Il reste une demi-heure de boulot, ça ira.

– Si le délinquant est d'accord, murmure Jerry, j'ai plus rien à dire. Antoine, tu prends le petit pendant qu'elle fait les salles. Mais c'est la dernière fois, je te le jure, Bébé, la toute dernière fois...

Bébé ne le laisse pas terminer. Elle fonce vers le couloir.

– J'ai commencé le rez-de-chaussée, dis-je en lui emboîtant le pas.

– C'est bon ! crie Bébé. Suis-moi ! On fait la salle 104 !

Si j'espérais des félicitations, c'est loupé. Elle contemple avec consternation les portes grandes ouvertes, les chaises empilées sur les tables et le seau qui patiente.

– Dis donc, Antoine, qui c'est qui t'a dit de tout ranger d'abord ?

– Je te rappelle que t'étais pas là…

– Oui mais maintenant j'y suis et je peux te dire qu'on va refaire le truc à ma façon. Prends une couche dans mon sac et change Chouchou pendant que je rattrape le bordel que t'as mis…

Et voilà comment, dans la même heure, je change une deuxième fois de qualification. Je passe de chef d'équipe à assistant maternel, direct. Est-ce qu'on peut encore parler de promotion ? Je devrais demander à la conseillère d'orientation. Peut-être qu'elle a des trucs à dire sur les expériences professionnelles sans diplôme, très brèves, et en Yo-Yo. On ne sait jamais.

20.

Promotion peut-être pas, mais apprentissage sûrement. J'étends mon blouson par terre, j'assieds Chouchou dessus et je sors une couche du sac de Bébé. Je la retourne dans tous les sens. C'est bien fichu, ce petit truc. Reste à savoir comment ça se colle sur le derrière concerné. Bébé me jette un coup d'œil de loin, son balai à la main.

– Qu'est-ce que t'attends ? Prends des lingettes dans le sac et change-le !

– Je vais le faire mais… dans quel sens je la mets, cette couche ?

Elle éclate de rire.

– C'est quand même pas difficile… Grand côté derrière, petit côté devant. Je croyais que t'en avais gardé, des gosses ?

J'essaie de bien faire et elle me rabaisse sans arrêt.

– Sauf qu'ils ne portaient plus de couche. C'est bon, j'ai compris…

Je me mets à genoux devant Chouchou qui a entrepris de fourrer toute sa main dans sa bouche et laisse couler de longs filets de bave sur mon blouson. Je le renverse sur le dos, ce qui l'amuse énormément, et je descends son petit pantalon de coton. Première constatation : rien de plus simple qu'une couche ordinaire. Ça tient par deux gros scotchs. Deuxième constatation : cette couche est trempée, ce qui lui donne un poids, une consistance et une moiteur un peu inquiétants. Je détache les scotchs, je lève les fesses, je retire la couche… Chouchou hurle de rire. Son tout petit robinet ressemble à une frite en gomme rose. Sauf qu'il est doté d'une vie autonome. La preuve : il se redresse et m'envoie droit dans la figure un jet tiède qui retombe en pluie sur mon blouson.

– Fais gaffe ! lance Bébé. Tu vas mouiller ses habits !

Je grommelle que, pour l'instant, c'est mon blouson qui est trempé. Je pourrais aussi bien ne rien dire. Elle passe son balai entre les tables et essore sa serpillière avec énergie. Son gosse peut me couvrir de pipi, c'est le cadet de ses soucis.

Je prends une lingette pour frotter successivement mon blouson puis le derrière de Chouchou. Je place la couche neuve sous les fesses de mon agresseur, un coup de scotch à droite, un coup de scotch à gauche. Je remonte le pantalon. Chouchou soupire d'aise. Bébé ne me remercie pas, ne me félicite pas. Elle s'avise juste que j'ai terminé.

– Tu veux pas faire le tableau pendant que je termine le sol ?

– Qu'est-ce que je fais de Chouchou ?

– Tu le poses près de toi, sur le blouson, et tu le surveilles pendant que tu passes l'éponge. C'est plus facile pour toi que pour moi. Et comme ça, on a une chance de finir.

Si quelqu'un a déjà essayé de nettoyer un tableau en gardant un œil sur un enfant de sept mois assis par terre, il sait que c'est impossible. À sept mois, l'enfant est déjà très indépendant. L'enfant rampe. Pire : il arrive à se mettre à quatre pattes. Et là qu'est-ce qu'il fait ? Il essaie de fuguer. L'enfant de sept mois est comme tout le monde. Il a envie de faire sa vie. J'ai à peine le temps de tremper mon éponge dans le seau que Chouchou a filé sous un bureau. Je laisse l'éponge, je rattrape Chouchou, je le remets sur le blouson, je reprends l'éponge… et on recommence. Le tableau est couvert de grandes traces blanches, c'est lamentable. Je suis lamentable. Je suis déprimé.

– À ta place, je lui donnerais un truc pour qu'il joue pendant que tu fais le tableau, conseille Bébé.

– Excuse-moi mais c'est rare que je vienne au collège avec mes jouets.

– Non mais je veux dire… Tiens, tu n'as qu'à lui donner la raclette ! C'est pas dangereux, la raclette. En plus, c'est marrant comme jouet.

Elle est folle, c'est clair. Je tends la raclette à Chouchou qui l'attrape dans sa grosse petite main. Il a l'air intéressé. Il la tourne et la retourne. Il l'attaque avec les dents.

– Ah non !

Je lui enlève la raclette. Il me regarde avec des yeux ronds. Il est stupéfait, puis désolé, puis furieux. Il hurle, on dirait une sirène. De grosses larmes jaillissent de ses yeux. Je préférais quand il pissait. Au moins il ne me cassait pas les oreilles.

– Mais qu'est-ce que tu lui as fait ? proteste Bébé qui s'active toujours à l'autre bout de la pièce. Rends-lui son jouet !

– Ce n'est pas un jouet, c'est une raclette. En plus, c'est sale.

– Mais non, c'est pas sale… soupire Bébé, attendrie. C'est super propre même. On arrête pas de la tremper dans l'eau… Allez, vas-y, rends-lui sa raclette !

Qu'est-ce qu'on fait dans un cas comme celui-là ? On rend la raclette. Chouchou cesse instantanément de pleurer. Je viens de prendre une double leçon d'hygiène et de psychologie. Merci, Bébé.

– J'ai juste une question... C'est pas ta mère qui garde ton fils quand tu travailles le matin ?

– Normalement oui. Mais soi-disant qu'elle a un décès dans sa famille et qu'il faut qu'elle aille les voir même si elle les déteste. Elle est partie hier et elle n'a même pas dit quand elle revient...

– Et Chouchou ?

– Soi-disant que c'est moi la mère et que c'est à moi de m'en occuper. Comme si j'avais pas ma vie à faire... Elle est pas très solidaire comme mère. Un mort de rien du tout et plus personne existe pour elle, même pas sa fille et son petit-fils. Elle est trop égoïste. Elle pense qu'à elle. Ça fait mal au cœur quand j'y pense. Le contraire de toi, si tu veux.

Je devrais me méfier. Mais il suffit que Bébé me fasse un compliment pour que je perde la tête et que je me range de son côté, contre sa mère, contre Dark Vador, contre la raison, l'évidence et le bon sens associés.

Chouchou mâchouille le caoutchouc de sa raclette tandis que je donne un dernier coup de chiffon sur mon tableau.

– Toi, résume Bébé en rangeant la serpillière sur le chariot, c'est simple : tu es juste le frère idéal que toutes les filles au monde rêvent d'avoir.

Quel fils unique pourrait résister à une déclaration pareille ? Je suis le jouet de Bébé et je suis cuit.

21.

Nous avons presque fini la salle 105 quand je demande à Bébé ce qu'elle compte faire maintenant. J'entends par là ce qu'elle compte faire de son fils, là, pendant que sa mère est absente. Je formule les choses assez clairement, il me semble. Je dis :

– Et qu'est-ce que tu comptes faire maintenant ?

Elle réfléchit, elle soupire, elle relève ses cheveux, elle dit :

– Je vais me lancer dans la vie active.

Ce n'est pas vraiment ce que j'attendais.

– Oui mais je veux dire : maintenant ? Qu'est-ce que tu vas faire maintenant ?

Un grand sourire éclaire son visage de chat

– C'est pas possible ! T'as deviné… T'es médium ou quoi ? Justement j'ai rencontré un type qui me propose d'essayer un boulot, je veux dire un vrai boulot. Pour une fille qui a même pas été fichue d'avoir son brevet, je te dis pas la chance que c'est, qu'un type te propose un travail payé, en plus un travail marrant. Allez je te le dis, c'est accessoiriste.

Là, normalement, je devrais revenir à ma question («et maintenant, etc.»), mais je suis moi, Antoine, et ma curiosité l'emporte sur mon intelligence, enfin pour ce que j'ai d'intelligence.

– Accessoiriste ?

– C'est sur les films, les gens qui cherchent les affaires. Par exemple, t'as besoin d'un tabouret, moi je vais chercher le tabouret. T'as besoin d'une lampe, moi je vais chercher la lampe. T'as besoin d'un paquet de couches...

– Ça va... J'ai compris.

– Et comme personne a encore inventé le diplôme qui t'empêche de le faire, tu peux apprendre juste en travaillant. Alors il m'a dit : « T'as qu'à venir, je te prends comme assistante et si t'es maligne t'auras du boulot. » Tu trouves pas que c'est dingo ? Je veux dire, pour une fille comme moi ? Qu'elle pourrait travailler dans des films, juste parce qu'elle sait le faire, payée et tout ?

La vérité est que je ne savais même pas qu'il existait encore des métiers libres qu'on peut faire sans passer des tas d'examens et de concours. Donc, oui, je trouve que c'est dingo. Et même un peu trop dingo.

– Ce type… Tu crois qu'il est honnête ? Tu l'as rencontré où ?

– Dans un bar. On a bien discuté. C'est quand je lui ai dit que j'aimerais bien avoir un avenir mais que j'avais assez peu de chances, vu ma mère et tout ça…

– T'es sûre que c'est pas toi qu'il a envie de prendre comme accessoire ?

– Arrête ! On dirait ma mère ! Je suis pas assez bête pour pas faire attention. Je sais que c'est un type bien. Et même, j'ai une preuve : il est homosexuel.

– Il te l'a dit ?

– Pas besoin. Il était avec son copain, ou son mari, je sais pas. Alors tu vois, c'est même pas pour coucher avec moi.

– Alors pourquoi ?

Elle me regarde, l'air désarmé.

– Je sais pas moi… Tu ne penses pas qu'il y a des gens qui font des choses pas seulement pour l'argent ou pour le sexe mais juste comme ça ? Des gens gentils ?

Je devrais lui répondre oui. Ma mère fait sans doute partie des gens gentils. Peut-être même que mon père aussi. Mais de là à prendre soin d'une fille comme Bébé qu'ils rencontrent dans une soirée ? Je n'en suis pas sûr. Combien d'individus sur la Terre se soucient des jeunes gens sans avenir, et chargés d'enfants qui plus est ? Pas lourd. C'est ce que me répond mon esprit désespéré. Mais dans le même temps mon cœur enthousiaste se dit que si, forcément, il y en a, et plus nombreux qu'on ne pense.

– Oui. J'ai déjà vu des histoires comme ça, à la télé ou quoi. Des gens qui se jettent à l'eau pour sauver d'autres gens qui se noient par exemple.

– Bon, faut pas exagérer non plus... Personne est en train de se noyer...

Emportés par la conversation, nous avons momentanément oublié de surveiller Chouchou. Laissé à lui-même, il a entrepris d'ingérer le chiffon qui m'a servi à essuyer les traces de craie sur le tableau. L'affaire est bien partie. Il en a déjà fourré une bonne partie dans sa bouche et le contour de ses lèvres est maquillé de blanc. Cela dit, il n'a pas l'air très heureux. Ses yeux écarquillés sont étrangement fixes et ses joues virent au rouge betterave. Pourtant, mystère, il s'entête. On dirait qu'il est en mission : l'agent Chouchou a reçu pour ordre de faire disparaître mon chiffon dans son estomac...

– Regarde cet imbécile, dit Bébé. Il est en train de bouffer ton chiffon !

Je la trouve bien décontractée, pour une mère de

famille. C'est encore moi qui panique... Je me précipite et je retire le chiffon de la bouche de Chouchou qui n'a pas l'air très content que je le prive d'asphyxie.

– Il aurait pu s'étouffer !

– Laisse tomber, soupire Bébé. La dernière fois, il a mangé une bougie... C'est pas un chiffon qui va le tuer.

Il semble d'accord avec sa mère parce qu'une fois que j'ai extrait le chiffon crayeux de son gosier, Chouchou repart à hurler...

– Oh là là, le caractère ! remarque Bébé. Jamais content, c'est tout le portrait de son père.

– Peut-être qu'il a faim ?

– Pas bête, fait Bébé, admirative. Toi, t'es fait pour avoir des mômes. Vas-y, donne-lui le biberon qui est dans mon sac, ça devrait le calmer un moment.

Quand je lui tends son biberon, je lis dans les yeux de Chouchou que je suis devenu son héros. J'aime être un héros, même dans les yeux d'un bébé. C'est un plaisir auquel on s'habitue facilement. C'est peut-être celui que cherchait le type gentil de Bébé en offrant de la prendre comme assistante. Il doit exister des maniaques de l'héroïsme comme il y a des maniaques du jeu, ou de la vitesse. De là à penser que les héros sont des toxicomanes sentimentaux... J'en suis là de mes réflexions quand le téléphone de Bébé se met à sonner.

– Lâche pas Chouchou des yeux ! lance-t-elle en sortant de la salle 105. J'ai un appel super important !

22.

Il est huit heures passées et les choses se précipitent. Pendant que Bébé est au téléphone, Dark Vador entre dans la salle 105. Et il n'est pas content.

– Dépêche-toi de remballer le gosse pendant que sa folle de mère joue avec son portable ! J'aimerais autant qu'il soit hors les murs quand les profs vont arriver. Je ne suis pas sûr d'avoir le droit de faire baby-sitter pour les enfants du personnel...

J'attrape Chouchou, je fais entrer de force ses petits bras dans son petit blouson... Heureusement qu'il a les bras souples, on dirait du caoutchouc. Comme Bébé n'a pas l'air décidée à raccrocher, je fixe le sac sur mon ventre et glisse Chouchou dedans. Il n'est pas très grand mais il est déjà très lourd. Le bébé en caoutchouc pèse un bébé en plomb. Enfin, je vais mettre mon blouson quand je me souviens qu'il a été aspergé par le même Chouchou il y a moins d'une heure... Soit je mets un blouson trempé de pipi d'enfant, soit je balade publiquement l'enfant sur mon ventre, au risque d'être repéré par tout ce que ce collège compte de camarades et d'enseignants. Le choix est vite fait : j'enfile le blouson, je prends mon sac, le sac à dos de Bébé et je sors. Au passage, je lui adresse un signe menaçant. Elle me répond en agitant frénétiquement sa main libre.

Je me glisse dans la foule des entrants. Ils sont assez nombreux pour que j'échappe à la surveillante qui guette à la porte. Et me voilà sur le trottoir, devant le collège, en train d'attendre Bébé tandis que son fils souffle tant qu'il peut contre ma poitrine. Chouchou fait office de radiateur. Il n'a pas que des défauts.

Les minutes qui suivent tiennent du cauchemar. Je vois arriver vers moi, en rangs serrés, tous les élèves de ce maudit collège. Je m'éloigne de quelques dizaines de mètres... mais pas assez pour échapper au regard de Thomas qui jette un coup d'œil à sa montre et décide qu'il a le temps de venir vers moi. Il lance un regard curieux à la grosse bosse que je porte sur le ventre.

– Qu'est-ce que t'as ? Tu caches un truc ? Tes affaires de sport ?

Je ne vais pas lui mentir, d'autant que Chouchou me chouine doucement dans le paletot.

– Non. C'est un bébé.

Voilà le genre d'information propre à clouer le bec même à Thomas Grandjean. Il reste planté devant moi, muet. Je devrais m'expliquer. Seulement je suis un peu tendu pour ça, et de toute façon Thomas n'a pas vraiment le temps. Il faut qu'il y aille, la journée va commencer, la porte va se fermer... Et Bébé n'arrive toujours pas.

– Thomas, tu peux aller voir Charpentier pour lui dire que tu m'as vu et que je suis atrocement malade ? Tu lui dis que ma mère est au courant et qu'elle m'emmène chez le médecin. Précise bien que ce n'est pas la peine de l'appeler, elle téléphonera plus tard pour m'excuser...

– Tu n'es pas malade, remarque finement Thomas, et ta mère n'est pas au courant...

– Je n'ai pas non plus tagué la porte de la cantine.

– D'accord, d'accord... Et ?...

– Et rien du tout. Je t'envoie un sms dès que je peux. Tu n'auras qu'à le lire dans les chiottes.

– Si j'en trouve un de libre...

Thomas court vers la porte en m'abandonnant sur mon bout de trottoir. Huit heures et demie. La porte du collège se referme. Je suis seul dans la rue et Bébé n'est toujours pas sortie. Si j'étais un autre, je n'aimerais pas être à ma place.

La pluie fine a recommencé à tomber. J'en connais un qui a de la chance, bien planqué sous mon blouson. Je ne l'entends plus. Peut-être qu'il s'est endormi. Ou alors il est mort. J'écarte le haut du porte-bébé pour vérifier l'état de son occupant. Je l'entends souffler. Je sens aussi une légère humidité contre ma poitrine, là où il a posé sa bouche. Il bave. Parfait. Ce gosse est une machine à produire des liquides.

Le cours a commencé. Ils doivent avoir sorti leurs livres et leurs classeurs. Les veinards. C'est bien la première fois que je regrette de traîner dehors... J'aimerais tant être avec eux, à l'abri, dans l'ennui d'une salle de classe. Mais non, je suis tout seul avec un gosse, et dans la rue. Si ça continue, je n'ai plus qu'à m'asseoir par terre et à me mettre à mendier.

Enfin, elle sort... Elle me cherche des yeux et elle se précipite vers moi. Dans un monde normal, elle devrait avoir l'air gênée. Au moins un peu. Embarrassée. Ou même reconnaissante. Mais non. Elle est surexcitée. Elle fait mine de se jeter à mon cou mais elle se ravise devant mon gros ventre. Elle se rattrape en m'agrippant l'épaule qu'elle secoue de toutes ses forces.

– J'ai dû ranger le chariot, excuse ! Mais devine, mon biquet ! Devine ce qui m'arrive ?

– Ta mère est rentrée ?

– Mieux !

– Quoi ?

– Il me prend ! Pour le film ! Tout de suite ! Là ! J'y vais !

Elle est en plein délire, ma parole. J'essaie de la ramener à la raison. Je m'adresse à elle très calmement.

– Bébé... Souviens-toi, tu es la maman d'un petit garçon. Il est là.

Je lui indique mon ventre d'un index déterminé.

– Oh ! Antoine...

Elle plonge ses yeux dans les miens, je jurerais qu'ils sont en train de se remplir de larmes.

– Antoine, tu veux pas me le garder ? Juste un peu ?

– Mais...

– Quoi « mais » ? Pour toi, tu manques un cours, ce n'est pas si grave, des cours tu en as tout le temps... Mais moi, c'est la chance de ma vie ! Tu peux pas gâcher la chance de ma vie, hein, Antoine, tu vas pas la gâcher ?

Il s'agissait bien de larmes. Elles glissent de ses yeux et coulent le long de ses joues. Je regrette terriblement d'avoir un cœur enthousiaste. Si on me donnait le choix maintenant, je le rendrais. Je mettrais du plastique à la place. Je ne dis rien. Je hoche très lentement la tête.

– Oh ! mon petit biquet, je le savais ! En plus que Chouchou t'adore ! Et que tu sais t'occuper des enfants…

Elle ouvre tout grand les yeux.

– C'est Dieu qui a voulu que je te rencontre ! Je te jure c'est Dieu qui t'a envoyé pour me sauver mon avenir ! Dieu te le rendra, je te jure !

Dieu, maintenant. Qu'est-ce que vous voulez faire contre Dieu ? La vie est clairement en train de prendre un tour catastrophique. Mais si Dieu et Bébé sont d'accord… Elle s'approche très près de moi et prend mon visage entre ses mains. Un court instant, je pense qu'elle va m'embrasser sur les lèvres et que ce sera la récompense divine. Mais non. Ce n'est pas le genre de Dieu. Elle me claque deux grosses bises sur les joues. Puis elle récupère dans son sac un portefeuille et deux bricoles qu'elle glisse dans ses poches.

– Tu gardes le sac. Il y a ce qu'il faut dedans. Je t'appelle !

Et elle détale en laissant flotter derrière elle quelques « Je t'adore, Biquet, je t'adore »…

23.

Je récapitule : c'est le matin, il est neuf heures, il pleut, et je suis réfugié sous le kiosque du square, avec mes affaires de classe d'un côté, mes affaires de puériculture de l'autre, et un bébé endormi sur le bide. La mère me l'a abandonné quand elle a fichu le camp, et seul mon ami Thomas Grandjean est au courant de ma situation. Je précise que je ne suis pas le père et que je n'ai d'ailleurs avec cet enfant aucun lien de parenté, proche ou lointain. Personne ne sait combien de temps cette situation est censée durer, même pas moi. Je ne sais pas non plus s'il est très légal de se balader avec un bébé prêté, quand on est soi-même mineur, surtout en pleine semaine et qu'on devrait être au collège. Quelque chose me dit que je suis dans de sales draps. Si seulement je n'avais pas laissé mon sac dans l'appartement de Thomas… je serais en train de roupiller au chaud en salle 104. Jamais je n'aurais été injustement condamné à gratter de vieux chewing-gums sous les tables, jamais je n'aurais miraculeusement rencontré Bébé, jamais Chouchou n'aurait pissé sur mon blouson avant de me transformer en nounou.

Tandis que je me lamente sur mon sort, les sinistres prédictions de Frédéric Liu résonnent dans ma mémoire : « La loi de Murphy... La loi de l'Emmerdement Maximum... Quand elles peuvent empirer, il n'y a aucune raison que les choses s'arrangent. Une fois que c'est parti, le pire est presque toujours certain, mon pauvre Toto. » Le plus affreux est encore de penser que je n'ai peut-être pas atteint le pire. Les ennuis qui se préparent risquent de faire passer les précédents pour d'aimables amusements... À supposer que Bébé revienne chercher son fils dans un délai raisonnable, qu'est-ce que je vais pouvoir raconter à ma mère pour expliquer que j'ai séché la matinée ? Et à Charpentier ? Il va falloir construire des cathédrales de mensonges pour sauver ma peau. Et d'ailleurs, qu'est-ce que je sais des intentions de Bébé ? Aux dernières nouvelles, elle était partie pour faire sa vie. Ça peut prendre pas mal de temps de se faire une vie. Il est rare que les gens réussissent leur coup en une matinée... Qu'est-ce que je vais faire de ce gosse ? On me l'a confié. Je ne peux quand même pas le déposer aux objets trouvés...

J'ai froid aux pieds. Chouchou grommelle dans son sommeil. Il va bien finir par se réveiller. Il faudra que je le sorte du porte-bébé et qu'est-ce qui se passera alors ? Je ne peux pas rester sous ce kiosque jusqu'à midi. Si seulement ma mère ne travaillait pas chez elle. Si elle avait un vrai boulot, comme les autres parents, dans un bureau avec une cantine le midi, je pourrais rentrer chez moi me réchauffer. Mais non, elle est vissée comme une taupe au terrier.

Thomas... Je peux lui demander tout ce que je veux, il le fera. Il me l'a promis, le jour où il a essayé de m'acheter avec des crocodiles en gomme. Si je me souviens bien, le serment excluait les affaires de tag, drogue, vol, assassinat, viol, cyclone, tsunami... Mais le détournement d'enfant ? Il n'a pas parlé du détournement d'enfant. Thomas, mon vieux, le moment est venu de rembourser ta dette. Le plus vite sera le mieux. C'est en gros la teneur du message que j'envoie sur son portable. Vite, Thomas, je suis au square et je t'attends.

Thomas a peut-être quelques défauts mais c'est un homme de parole. Je le vois arriver un peu après dix heures. Je suis assis dans le sable humide. Installé sur mes genoux, Chouchou plonge ses mains dans le sable noirâtre. J'essaie de l'empêcher de les porter à sa bouche. Il insiste, je résiste... C'est une sorte de jeu pour enfant sans domicile sous la pluie. Thomas pose son sac et s'assied à côté de nous dans le bac à sable, ce qui prouve qu'il a l'esprit solidaire et les fesses imperméables.

– Franchement, Antoine, c'est qui ce gosse ?

– Chouchou.

– Le fils de la fille de ma punition ?

– Bien résumé.

– Sans indiscrétion, elle est où sa mère ?

– Elle a besoin d'un peu de temps pour se faire un avenir. Alors, bon... je l'aide, quoi...

Il me regarde longtemps et secoue la tête.

– Il a pas un père, ce gosse ? Des grands-parents ? Quelqu'un ? C'est obligé qu'il reste avec un type qui... un type que...

– Quoi « un type » ? Je m'en occupe très bien ! Il m'adore. Hein, Chouchou, tu m'adores ? Pour la famille, si tu veux le savoir, non, il n'y a personne. Et s'il y a quelqu'un, je n'ai pas son nom ni son numéro de téléphone.

Thomas contemple le bout ensablé de ses baskets.

Quand j'ai fini de lui expliquer que je ne sais pas quand Bébé viendra chercher son fils, que je n'ai pas l'intention d'en parler à ma mère, et que c'est à lui de se débrouiller pour me trouver une solution, il soupire.

– Je me demande si je n'aurais pas mieux fait de me dénoncer et de la faire, cette punition...

– Je ne vois pas ce que ça aurait changé. C'est à toi que Bébé aurait collé Chouchou et on en serait exactement au même point. Dans le bac à sable.

Nous en sommes là, justement, quand un sac vient s'abattre entre les nôtres. Une troisième personne indifférente à l'humidité nous rejoint dans le sable.

– Pauline ?

Elle rabat la capuche de son blouson sur sa tête.

– J'ai pas séché le cours de gym pour prendre la pluie au square. On sera mieux chez moi pour discuter. Ramasse ton gosse et on y va.

Le gosse en question a le tour de la bouche dans un sale état. Il a profité de notre conversation pour engloutir une bonne poignée de sable. Il agite joyeusement les bras vers Pauline qui se recule avec un gémissement. Il émane de mon beau bébé, c'est vrai, une odeur puissante et animale. Je n'ai pas fini de changer les couches...

24.

– Antoine, tu descends cette couche dans la poubelle de la cour. Je veux bien du petit garçon mais je peux pas supporter l'odeur.

La chambre de Pauline n'est pas très grande mais son désordre est confortable. Et surtout, c'est la chambre de Pauline. Ses parents et ses sœurs habitent au quatrième, deux étages plus bas. Elle descend pour manger ou regarder la télé. Personne n'entre chez elle dix fois par jour pour lui dire de passer à table, de se laver, de faire son travail, ou juste par plaisir de nuire. Dans la famille de Pauline, quand on a quelque chose à se dire, on se téléphone. On pourrait planquer toute une crèche chez elle.

– C'est normal qu'il ait les fesses rouges ?

J'ai étendu une serviette de toilette sur le bureau pour y coucher Chouchou et j'ai nettoyé son derrière dégoûtant à grand renfort de lingettes (et en apnée). Tout ça pour lui trouver la fesse irritée, c'est vexant.

– Un peu rouge c'est normal. À mon avis, c'est très rouge qui est flippant.

Thomas a l'air sûr de lui.

– Qu'est-ce que tu en sais ?

– Rien. C'est pour te rassurer.

– N'empêche que si on doit le garder, il va falloir racheter des lingettes, peut-être des couches… et aussi des trucs à manger. Parce qu'on ira pas très loin avec les deux pots de compote qui sont dans le sac…

– Déjà je prête ma chambre, proteste Pauline. Je vais pas en plus payer les couches…

– C'est bon ! Thomas, tu peux gratter un peu d'argent chez toi ?

– Je peux prendre sur mon compte, j'ai une carte. Ma mère laisse toujours un peu d'argent dessus. Elle ne veut pas que je reste sans rien en cas d'accident nucléaire ou de chute de météorite.

– Bien vu. On ira faire les courses tous les deux. Ce sera plus démocratique.

Thomas gratte distraitement la tête de Chouchou.

– Antoine, sans vouloir te faire flipper, je te rappelle que, pour le moment, on est trois à sécher sans billet d'excuse. Tant que c'est l'EPS, on peut essayer de dire que ce n'est pas très grave... Mais ça ne durera pas longtemps.

– Pas de panique. On a au moins la matinée. Pour la cantine, on s'en passera...

– Pas grave, soupire Pauline, on mangera ce soir.

– Mais l'après-midi ? insiste Thomas. Qui va faire l'après-midi ?

Si Bébé était devant moi, à ce moment précis, je lui collerais son Chouchou dans les bras. Elle pourrait fabriquer toutes les larmes de la Terre, je ne le reprendrais pas. Il y a maintenant quatre heures que je m'occupe de son fils, dont trois sans elle, et elle ne prend même pas la peine de me donner des nouvelles. Je saisis mon téléphone d'une main vengeresse et j'appelle son numéro. Personne ne décroche, ce qui ne m'étonne pas vraiment. Je laisse un message menaçant, qui parle dans le désordre d'horaires de collège, de fesses rouges et de choix de petits pots.

– Tu ne crois pas qu'elle s'est enfuie pour de bon ? suggère Pauline.

– À moins qu'on l'ait enlevée ? complète Thomas qui est un inquiet, pour finir, et même un angoissé, pour ne pas dire un flippé complet.

– Et après ? Qu'est-ce que je peux faire ? À part attendre ?

Nous sommes en train de fourrer la bouche de Chouchou de compote pêche-poire quand un sms de sa mère m'arrive en réponse. Il commence par « Antoine d'amour » et dit en substance que tout étant trop génial dans l'idée d'un avenir radieux, elle ne pourra pas passer chercher Chouchou tout de suite. Pas dans l'après-midi, c'est clair. Mais elle ne se fait pas de souci car elle a trop confiance en moi. Merci merci chéri chéri. Dieu t'aime, je t'appelle plus tard.

– Pauline ! proteste Thomas. T'as pas le droit de lécher la cuillère de la compote !

– Ah ça va ! J'ai rien volé... Il y avait presque rien dessus.

– Mais elle est bête celle-là ou quoi ? C'est pour les microbes !

– Quoi les microbes ? Ce gosse, il mange le sable par terre au square. C'est pas mes pauvres microbes qui vont lui faire peur.

C'est marrant de donner à manger à Chouchou. Il attrape la cuillère en plein vol, il recrache quand il a la bouche pleine, il rigole sans arrêt... J'ignorais qu'on s'amusait autant en s'occupant d'un enfant, surtout en groupe. Quant à Pauline, si elle était méfiante au début, elle a visiblement trouvé un nouvel ami.

– Je veux bien le garder cet après-midi. Je téléphone

à ma mère à son boulot. Je lui dirai que j'ai mal au ventre et que j'ai dû rentrer. Ça devrait pas faire trop d'histoires.

– D'accord. Vous pourrez roupiller un peu tous les deux. Normalement, ils font la sieste à cet âge-là, non ?

– Te fais pas de souci… Je sais comment ça se passe, j'ai deux petites sœurs au quatrième étage. On va bien dormir. Hein, mon gros Chouchou, qu'on va bien dormir ?

Quand je m'apprête à quitter la chambre avec Thomas, Chouchou s'agite et lance des regards alarmés. Il en a peut-être marre de passer de main en main. On le comprend. Même nous, au collège, on n'en peut plus d'aller d'un prof à l'autre. C'est là que la rusée Pauline sort une vieille peluche de derrière son oreiller et l'agite devant son nez. Chouchou m'oublie en deux secondes au profit d'un faux lapin mité… Il est peut-être marrant mais il n'a pas beaucoup de reconnaissance.

25.

Sur le chemin du collège, nous faisons une halte au supermarché. La caissière nous couve d'un œil attendri quand nous posons nos lingettes et nos petits pots pour bébé sur son tapis. Nous devons avoir l'air de deux grands frères responsables. En tout cas, c'est ce qu'elle déclarera à la police quand on l'interrogera.

– Ils étaient si mignons, monsieur le policier !

Thomas a exigé de choisir les parfums.

– C'est mes sous, j'ai quand même le droit de décider…

Personnellement, j'aurais pris hachis Parmentier mais il a préféré le maxi légumes-céréales.

– Hachis Parmentier ? Pour un bébé ? T'es pas malade ?

– Pourquoi tu crois qu'ils en mettent dans des pots ? Pour empoisonner les enfants ?

– De toute façon, j'aime pas le hachis Parmentier. Tu le prendras quand tu paieras.

Je me fais tout petit en arrivant devant la grande porte. Caché derrière les externes, je devrais pouvoir entrer sans me faire remarquer. C'est faire peu de cas du professionnalisme de Charpentier qui me saute dessus pendant que je traverse la cour.

– Antoine ? Vous êtes guéri ?

– Oui, madame, ça va mieux.

– Votre mère a signé le carnet de correspondance ?

– Elle est à son travail. Elle le fera ce soir.

– J'espère que ce n'est pas votre petit stage matinal qui vous a fatigué. Ça se passe bien de ce côté-là ?

– Très bien, madame.

– Les rapports avec les collègues ?

– Alors là, madame, c'est...

– C'est ?

– C'est inespéré, madame. J'ai pas d'autre mot... Inespéré.

Elle repart en trottinant. Dans quelques minutes, elle décrochera son téléphone pour entendre la mère de Pauline lui annoncer que sa fille est malade. Si Bébé ne se décide pas à revenir, c'est à une épidémie qu'elle va bientôt devoir faire face.

L'information circule vite dans une salle de classe, et de chuchotement en petit papier habilement glissé d'une table à l'autre, il ne faut pas une heure pour que le monde entier soit au courant que Pauline garde dans sa chambre un bébé nommé Chouchou dont je suis en quelque sorte le tuteur. C'est la folie à l'interclasse. Si j'avais cru jouer les héros au moment de l'affaire du tag, je peux maintenant me prendre pour Superman. L'énergie en moins. Je somnole tout au long de l'après-midi. Seule l'image de Chouchou sautant sur les genoux de Pauline vient troubler mon envie de dormir. Pourvu que ça se passe bien là-bas. Pourvu qu'elle s'en sorte. Et qu'est-ce que je fais ce soir si Bébé n'est toujours pas revenue ?

Cinq heures, fin des cours et toujours aucune nouvelle. Une troupe surexcitée m'entoure à la sortie, bien décidée à m'accompagner chez Pauline. Les garçons comme les filles semblent tous avoir une idée sur ce qu'il convient de faire d'un bébé. Et malheureusement, chacun entend la mettre en pratique le plus tôt possible. Il n'y a que Frédéric pour refuser de prendre part à la frénésie générale.

– Je serais curieux de savoir si tu as le droit de le garder, cet enfant. Tu t'es renseigné ?

– Sa mère me l'a demandé…

Il grimace.

– Je ne sais pas si ça suffit. C'est un bébé quand même. À ta place, je demanderais à ma famille.

– Ah non ! Ma mère est capable d'appeler la police ou l'orphelinat et tout se retournera contre Bébé. Elle m'a demandé un service pour se faire un avenir. Elle ne l'a pas demandé à ma mère…

Frédéric hausse les épaules.

– Tu sais quel genre de tig on donne à un mineur qui séquestre un enfant ?

– Je séquestre personne. La preuve : Chouchou m'adore.

– En même temps, s'il en a marre de toi, il peut difficilement faire son sac et partir… Toto, si tu veux mon avis, tu n'as pas besoin de Murphy pour te pourrir la vie. Tu t'en charges très bien tout seul.

Le défaut de Frédéric, qui est aussi sa qualité, est qu'il est raisonnable et sérieux. Ma qualité, qui est aussi mon défaut, est que je suis inventif et fantasque. Si nous étions une seule personne, cette personne serait parfaitement équilibrée. Hélas ! nous sommes deux. Frédéric attrape Adèle par le bras et s'éloigne, tandis que Gabrielle me tombe dessus.

– Viens, mon gros, on y va ! Tous chez Pauline !

Nous sommes une demi-douzaine à nous bousculer sur le trottoir quand j'entends une voix.

– Hé ! Attendez-moi !

Darin court maladroitement vers nous. C'est bien la première fois qu'il demande à faire partie d'une activité de groupe, autre que la bagarre j'entends. Pour un type qui est tellement à l'aise quand il s'agit de donner un coup de poing, il est lourd et disgracieux à la course. Je n'avais jamais pensé jusque-là qu'il pouvait être sympathique, mais à le voir se dandiner sur ses grosses jambes, j'ai pour lui comme un élan de tendresse. Je suis même prêt à l'absoudre pour le vol de mon sac et tous les ennuis qui ont suivi. Les gens se trompent quand ils pensent qu'on les aime pour leurs qualités. C'est leur nullité qui les rend attachants. Personnellement, j'ai plus d'un titre à présenter, je suis incompétent, irréfléchi, désordonné, tête en l'air et immature. Autant d'atouts qui font de moi un objet d'amour incomparable pour deux personnes au moins, ma mère et Chouchou.

– Vous savez bien : je suis spécialiste international des bébés… halète Darin.

Son sourire dévoile ses deux incisives carrées et largement écartées l'une de l'autre. Si j'étais moins inhibé, je collerais deux gros baisers sur ses joues pleines. Heureusement, nous arrivons chez Pauline et je n'ai pas le temps de m'abandonner à des élans sentimentaux qui susciteraient plus d'effroi que de reconnaissance, j'en ai peur. Prépare-toi, Pauline ! C'est l'heure de la visite privée…

26.

Pauline n'est pas mécontente de voir du monde. Ce n'est pas qu'elle s'ennuie avec Chouchou mais il n'a pas beaucoup de conversation. Pour une fille sociable, c'est un handicap.

– Sans blague, j'ai cru que j'allais rester enfermée dans cette chambre pour toujours ! Un moment, j'ai même pensé venir pour être en cours avec vous... Sérieux.

– T'es pas folle ? demande Darin qui préférerait descendre au fond d'une mine plutôt que de subir une heure de cours.

Chouchou s'est collé à Pauline et nous regarde attentivement. Il doit se dire que ça fait beaucoup de monde autour de lui. Le niveau sonore atteint des sommets difficilement supportables. Sept personnes se penchent vers lui et tentent d'attirer son attention en glapissant.

– Comme tu es beau ! lui crie Julie.

– Elle t'a changé ta couche au moins ? vérifie Thomas.

– Qui tu préfères, ma grosse ? demande Gabrielle. Antoine ou Thomas ?

– On dirait un peu mon chat, remarque Hugo. C'est même dingue ce qu'il lui ressemble...

Chouchou se recule et se tapit contre Pauline. Ses yeux s'écarquillent. Et il se met à hurler.

– Vous lui faites peur ! proteste Darin. Déjà qu'il ne vous connaît pas mais en plus vous êtes tous là à lui crier dessus... Vous êtes fous, ma parole !

Il tend les bras vers Pauline qui, vaincue, lui passe Chouchou. Le pauvre gros se colle contre l'épaule de Darin sans cesser de pleurer. On peut même dire qu'il sanglote tandis que Darin se balance doucement.

– Allez allez... murmure Darin. C'est pas si grave...

Je suis muet d'ahurissement. Et je vois bien que les autres pensent la même chose que moi : on peut être à la fois une brute internationale et un spécialiste international des bébés.

– Il a pas faim ? demande Darin en lançant un regard accusateur à Pauline. C'est quand que tu lui as donné à manger pour la dernière fois ?

– C'est pas ma faute... se défend Pauline. C'est les

garçons. Ils lui ont donné un pot de compote à midi et c'est tout.

– Déjà faudrait qu'il mange, dit Darin en se tournant vers nous. Franchement, je sais pas ce que vous avez dans la tête...

Thomas sort son maxi légumes-céréales de son sac et le réchauffe vaguement sous le filet d'eau chaude qui sort du robinet. Et je peux constater que Darin avait raison. Chouchou ne pense pas à s'amuser. Il ne joue pas avec la cuillère, il ne recrache pas en averse ce qu'il a dans la bouche. Il enfourne et il avale. Quand le pot est terminé, Darin nous regarde avec un sourire de triomphe.

– Biberon ! C'est pas tout de manger. Faut boire aussi.

Les yeux de Chouchou se ferment à demi, puis il remercie d'un rot gigantesque. Mine de rien, sept adolescents viennent de suivre un cours de puériculture. Merci, Darin.

Comme il n'est pas encore six heures, que je ne sais toujours pas quand Bébé va passer, et que nous ne pouvons pas rester des heures dans cette chambre minuscule, l'assemblée décide démocratiquement d'aller promener Chouchou. Au titre de premier responsable, il est entendu que je le porterai. Mes amis me précèdent dans l'escalier. Si je tombe, ils sont décidés à me servir de matelas.

– Ça va me faire bizarre de me balader publiquement avec Chouchou comme s'il était à moi.

– En même temps, tant que sa mère est pas là, il est un peu à toi, remarque Gabrielle.

– Et qu'est-ce que je dis si je rencontre des gens ?

– T'as qu'à leur dire que c'est ton frère.

– Oui mais si je rencontre ma mère…

– Ben tu diras que c'est mon frère.

– T'as pas de frère…

– Qu'est-ce qu'elle en sait ? Arrête d'être contrariant !

Dehors, le jour commence à tomber et l'air est humide et froid. Thomas fait la quête pour retourner au supermarché.

– Encore ? gémit Pauline.

– Si sa mère ne revient pas assez tôt, on va manquer de couches et de petits pots.

Gabrielle me prend par un bras, Pauline saisit l'autre, Darin nous accompagne et nous marchons doucement vers le square. Nous sommes une petite tribu soudée autour de notre Chouchou commun, presque une famille. J'ai momentanément cessé de m'inquiéter. Je vis juste un merveilleux moment. J'en profite environ quatre minutes. À la cinquième, une silhouette coiffée d'un bonnet s'arrête devant moi. Je mets quelques secondes à l'identifier. Puis elle enlève son bonnet et une masse de cheveux roux dégringole sur ses épaules.

– Qui c'est celle-là ? demande Pauline.

– Lison…

Je sens Gabrielle frémir à mon bras. Elle en sait assez sur mes histoires de cœur pour mesurer tous les enjeux de la rencontre. Au titre de confidente, elle se sent investie d'une sorte de mission. Elle veut me préserver. Malheureusement, elle réagit assez mal en situation de panique. Elle lance :

– C'est pas du tout ce que tu crois ! Il a rien fait de mal ! C'est son frère !

Lison lui rend à peine son regard. C'est moi qu'elle fusille des yeux.

– T'as un frère maintenant ? Et les deux à côté, c'est qui ? Tes sœurs ?

– Oh ! Lison…

27.

Je me suis toujours bien gardé de mélanger mes copains et les filles avec qui je sors. Ce sont deux parties différentes de ma vie. Je ne suis pas le même avec les unes et avec les autres. Disons que pour les unes, je suis un garçon tout neuf avec qui on sort, tandis qu'avec les autres, je suis juste le gars habituel, le même depuis la maternelle, avec ses vieilles qualités et ses vieux défauts. Si je devais les voir ensemble, je ne saurais plus qui je suis. Je préfère éviter le malaise. Je m'arrange pour qu'ils ne se rencontrent pas. Et ce qui est en train de se passer me confirme que j'ai raison. Je ne sais plus à qui je dois parler, à Lison ou à la bande. Je me demande comment font les gens qui se marient. Dans un sens, ils ruinent leur vie sociale. J'en suis à chercher le moyen de me sortir de l'impasse quand le téléphone sonne dans la poche arrière de mon pantalon.

– Mon petit biquet, t'inquiète pas si ça coupe, j'ai presque plus de jus et j'ai même pas de chargeur, mon portable est tellement vieux que personne peut m'en prêter, dis-moi, chéri, comment ça va avec mon Chouchou ?

Si j'en crois le ton de sa voix, pour elle au moins, ça va bien.

– Bébé, quand est-ce que tu viens le chercher parce que là, je te cache pas que ça commence à être un peu chaud, c'est le soir et…

– Ben justement, je peux pas venir parce qu'on tourne de nuit, c'est assez loin, et je les aide vraiment, tu vois, je suis pas juste en stage de troisième pour regarder, je montre que je sais me débrouiller, tu comprends…

« On tourne de nuit… » Ma parole, elle a déjà la grosse tête.

– Bébé, ce que tu comprends pas, c'est qu'aujourd'hui on est déjà trois à avoir séché les cours pour Chouchou, on ne sait pas comment on va faire demain, et même pour cette nuit, on ne sait pas où il va dormir…

– Il peut dormir chez toi, je te donne ma permission.

– Tu peux pas trouver ta mère et lui expliquer ?

Tu me donnes l'adresse et je lui ramène, c'est quand même plus normal…

– Ne me parle pas de ma mère, je ne veux plus rien savoir, c'est comme si je l'avais effacée ! Bientôt je vais gagner ma vie, tu vois, elle pourra plus dire que je profite d'elle et…

– Mais, Bébé…

– Je te rembourserai les couches. Tu peux me faire confiance, mon petit biquet !

– Arrête de m'appeler « mon petit biquet » !!!

J'aurais mieux fait d'économiser mes paroles parce que ce sont les dernières que je peux placer. La batterie du vieux portable est morte. Je ne sais pas où est Bébé et je n'ai plus aucun moyen de la joindre. Et pour couronner le tout, Darin me sourit avec une satisfaction mal dissimulée.

– « Mon petit biquet », répète-t-il doucement, « mon petit biquet »…

Autour de lui, les filles se contentent de sourire. Sauf Lison, qui est tellement larguée qu'elle en oublie d'être fâchée.

– Antoine, c'est quoi ces embrouilles ? Chouchou ? Bébé ?

Fidèle à sa mission, Gabrielle va raconter n'importe quoi sous prétexte d'arranger les choses. Je la vois inspirer un bon coup avant de se lancer et cette fois je l'arrête en plein élan.

– Je vais t'expliquer, Lison...

Là, je fais un truc incroyable. Je lui dis la vérité. Sous les yeux stupéfaits de mes amis. Il arrive qu'on prenne tellement l'habitude de raconter des bobards que dire la vérité ne vient plus à l'esprit. On invente, même quand rien ne nous oblige. On se dit que c'est plus simple. Eh bien non. J'ai testé les deux, et je peux jurer que la vérité est plus confortable. Surtout dans mon cas. Mes histoires vraies ont tellement l'air de mensonges que souvent je ne sais plus où j'en suis. Psychologiquement, je suis le genre de gars qui a intérêt à s'en tenir aux faits. Tant que c'est possible.

– N'importe quoi, soupire Lison quand j'en ai terminé. Tu racontes vraiment n'importe quoi...

– Elle est bête celle-là ou quoi ? s'insurge Pauline en nous regardant avec consternation. On lui dit des secrets et tout ce qu'elle trouve à répondre, c'est « n'importe quoi » ? Viens, Antoine, lui parle pas, elle comprend rien.

– Écoute Pauline, mon biquet, remarque Darin. Cette fille, elle aime pas les gosses, voilà.

Ce que je ne suis pas arrivé à faire, mes amis y

arrivent très bien. Ils sont crédibles. Lison se retourne vers moi.

– Mais si c'est vrai, je peux t'aider… Dis, Antoine, qu'est-ce que je peux faire ?

Le visage de Gabrielle s'éclaire brusquement.

– Tu vois ! Elle est pas si méchante pour finir ! On va te trouver du boulot, Lison ! Bienvenue dans la bande !

28.

Je commande un Coca.

– Un seul ? s'étonne la patronne. Vous êtes huit et je compte pas le bébé…

– Oui mais on est jeunes et on n'a pas d'argent, remarque Gabrielle.

– On dépense tout pour le bébé, ajoute Pauline.

– Vaut mieux commander un Coca et le payer que huit Coca et pas les payer, constate Darin.

Thomas, qui nous a rejoints avec son sac de supermarché, se glisse sur la banquette à côté de Lison.

– On restera pas longtemps, dit-il. On a des parents qui nous attendent.

– C'est bon, c'est bon… maugrée la patronne. Je mets un verre d'eau pour le petit.

– Merci, madame, dit Lison.

Une chose est sûre : son arrivée dans la bande est

un cadeau du ciel. Ce n'est pas seulement qu'elle est d'accord pour aider, c'est qu'elle a le génie de l'intrigue. Je n'avais pas eu l'occasion de m'en rendre compte jusque-là. Mais je devais le sentir. On s'est reconnus tous les deux. C'était comme une attirance chimique entre nous. Pour le moment, elle est comme un général au milieu de sa troupe. Elle prépare la stratégie. Même Darin, qui a pris Chouchou sur ses genoux, l'écoute en silence.

– Je vais appeler ma mère pour lui dire que je dors chez une copine qui a des problèmes. Ensuite je vais appeler la copine pour la prévenir. Ensuite Antoine va appeler sa mère pour lui demander si je peux dormir chez lui. Il dira que je suis toute seule avec mon petit frère pour une nuit et que je préfère dormir chez des gens. Tu crois qu'elle peut refuser, Antoine ?

– C'est pas le genre. Je crois même qu'elle sera trop contente. Mais t'as pas peur qu'elle appelle ta mère ?

– On dit que ma mère est en voyage. Je ferai semblant de l'appeler. Donc, je dors chez Antoine. Antoine part faire son tig à sept heures. Il est obligé, il faut qu'il finisse la punition de Thomas. Comme je ne commence qu'à dix heures, je dépose le bébé à neuf heures chez…

– Chez Thomas, dit Pauline. Sa mère et son père, ils travaillent dehors. En plus, c'est à cause de lui, tout ce qui arrive, et il n'a pas encore fait sa garde.

– Si ! proteste Thomas, j'ai séché l'EPS ce matin. Sans compter que j'ai acheté les couches et les petits pots.

– C'est ta faute, dit Pauline. C'est normal que tu en fasses plus.

– Bien, reprend Lison, Thomas dit qu'il est malade et il reste chez lui. Il garde Chouchou.

Thomas grimace. Son vieux fond flippé se réveille.

– Franchement, ça me fait peur. Si jamais par exemple il s'étouffe, ou qu'il mange une bille, ou qu'il se met à pleurer, je ne saurai pas quoi faire...

– Oh là là, fait Darin. Super chochotte et compagnie. Je ne peux pas te dire que je vais sécher avec toi mais je regrette. En même temps, vu que j'ai déjà plein d'avertissements, après je peux aussi bien garder Chouchou toute ma vie, j'aurai plus de collège.

– Moi je peux sécher, propose alors Gabrielle. Je dirai que je me suis sentie mal sur le chemin de l'école. Je viens chez Thomas vers neuf heures et on le garde à deux.

On voit l'espoir renaître sur le visage de Thomas.

– Tant qu'à faire, tu peux pas le garder chez toi ?

– Ah non, j'ai du monde à la maison. Mon père est au chômage.

– Ça marche comme ça, conclut Lison. Vous avez bien compris ce qu'il fallait faire ?

– Oui, répond Gabrielle. Mais après le matin ? Il faut sécher l'après-midi ?

– C'est le plus pratique. Vous serez déjà malades, alors autant en profiter. Si on change d'équipe, ça va finir par faire louche.

– J'arriverai jamais à tenir un jour entier... gémit Thomas.

– Même avec moi ? demande Gabrielle.

– Tu crois que je pourrai jouer un peu ?

Darin n'en revient pas.

– Ma parole, il est idiot celui-là ! Bien sûr que tu peux jouer ! Tu prends la manette, tu mets le gosse sur tes genoux et tu joues avec lui, patate.

– Et puis on vous fera une visite à l'heure de la cantine, fait Pauline. On trouvera bien le moyen de sortir, t'inquiète !

Gabrielle joint les mains.

– Vous avez intérêt ! Je me vois pas rester avec un type qui flippe et un bébé...

Là-dessus Chouchou qui essaie depuis tout à l'heure d'attraper la paille dans le verre de Coca réussit enfin à le renverser. Il y a une grande flaque marron et sucrée sur la table, Darin rigole et la patronne fronce le sourcil derrière son bar.

Lison accroche le porte-bébé et fourre Chouchou dedans. Thomas lui tend le sac du supermarché et va payer le Coca. Tout le monde se fait la bise avant de se séparer. Quant à moi, je sors mon téléphone et j'appelle ma mère.

– Maman chérie, j'ai un service à te demander. Je suis sûr que tu vas dire oui...

29.

Curieusement, depuis que je sais que Bébé ne m'appellera pas avant le lendemain, je suis soulagé. Je n'ai rien à attendre. C'est plus simple. Toute cette longue nuit à venir s'étend devant moi comme une mer de tranquillité.

Je n'ai aucun mal à convaincre ma mère de déplier le canapé. Je dirais même que la perspective d'accueillir un bébé la transporte de joie. De son côté, la mère de Lison n'a pas protesté quand sa fille a prétexté les peines de cœur d'une amie. Visiblement, les mères trouvent normal de soutenir les amis en difficulté. On devrait y penser plus souvent.

Quand Lison sort Chouchou du porte-bébé pour le présenter à ma chère maman, il regarde sa nouvelle sœur avec un air de grande perplexité et il me tend les bras. Il faut être aveugle comme ma mère pour ne pas voir que ces deux-là viennent de faire connaissance.

– Je ne savais pas que tu avais un petit frère, dit aimablement ma mère.

– C'est mon demi-frère, répond Lison comme si ça expliquait tout.

Et elle ajoute :

– Je l'adore.

– C'est vrai qu'il est adorable, dit ma mère en s'approchant de Chouchou qui s'agrippe à moi. Dis donc, Antoine, il a une drôle d'odeur ton blouson. Tu devrais le mettre dans la machine et prendre le caban de ton père.

En dehors de cette menace (le caban de mon père… pourquoi pas ses caleçons ?), tout se passe à peu près normalement. Ma mère a tellement envie de s'occuper du bébé qu'elle ne remarque pas que Lison ne s'en soucie pas. Quand je me propose de changer la couche, je déclenche une vague d'enthousiasme immérité.

– Antoine ! C'est une découverte ! Je ne savais pas que tu aimais t'occuper des enfants…

Je fais le modeste.

– C'est pour aider Lison. Et puis ça n'a pas l'air très difficile.

Elle tient quand même à surveiller. Et puisque nous sommes dans la salle de bains, elle propose de donner un bain à Chouchou.

– Il en a bien besoin, ce petit bonhomme ! On a la culotte toute noire… On est allé au square aujourd'hui, hein ? Tu me donneras son pyjama, Lison ?

Pyjama. Panique. Personne n'a pensé aux vêtements. Heureusement que Lison est le Napoléon du Mensonge.

– Oh… Vous allez penser que je suis bête. Mais je suis partie si vite de chez moi que j'ai oublié les vêtements ! J'ai pris les couches, les petits pots, et j'ai laissé le reste !

On ne décourage pas ma mère avec si peu. Elle fouine dans le fond d'un placard d'où elle exhume des reliques de ma petite enfance, une grenouillère en éponge râpeuse, un pull minuscule tricoté main, un t-shirt rayé usé d'avoir été trop lavé…

– C'était à toi, Antoine. J'en ai gardé quelques-uns, en souvenir.

– Il devait être trop mignon ! s'exclame Lison.

Ma pauvre mère se rengorge sans remarquer que l'autre poison se moque d'elle, ou de moi, ou de nous deux avec nos vêtements minuscules et, il faut l'avouer, très moches.

Pendant que ma mère baigne Chouchou (« Si, si, laisse-moi faire, ça me fait plaisir… »), Lison fait semblant de parler à la sienne. Elle articule comme une dingue pour qu'on n'en perde pas une miette. Je suis éperdu d'admiration. Plus jamais je ne croirai cette fille, c'est clair.

Le repas est un nouveau moment de joie. Lison mange avec appétit et ma mère trouve pour une fois un public digne d'elle. Côté Chouchou, les choses se présentent moins bien. Thomas a acheté des petits pots au poisson dégoûtants, comme, si sous prétexte qu'on est petit, on n'avait aucun goût. C'est un peu la politique de la cantine appliquée aux bébés. Chouchou n'en veut pas, évidemment. J'aurais dû faire les courses. Le hachis Parmentier a au moins un avantage, il ne sent pas le poisson.

Chouchou retrouve sa bonne humeur quand ma merveilleuse maman sort de son frigo magique une petite purée maison. Le repas est bouclé à neuf heures. Suit une petite heure de télé. Je somnole dans le canapé et Chouchou s'endort sur mes genoux. Ma mère s'extasie : « Tu as vu, Lison ? Il s'endort sur ses genoux ! »

Vient ensuite la cérémonie du dépliage du canapé. Ce n'est pas le moment d'expliquer à ma mère qu'il serait plus logique et plus simple que Lison dorme dans mon lit. Je ne vois pas ce qu'on peut faire la nuit qu'on ne ferait pas dans la journée. Il n'empêche. Pour le parent, la nuit reste le dernier tabou. On ne dort pas ensemble, un point c'est tout. D'accord, maman. J'attendrai que tu dormes avant d'aller rejoindre Lison dans son canapé deux places. Pour être franc, je suis tellement fatigué que je préférerais presque dormir seul sous ma couette. Mais je ne veux pas avoir l'air impoli devant Lison. Refuser de passer la nuit ensemble, ça ne se fait pas. Nous échangeons un regard entendu quand je prends la mesure de ce qui m'attend... Nous allons dormir à trois. Parce que Chouchou, lui, a le droit de dormir à côté de ma copine. (« Ça ne t'ennuie pas, Lison ? Il y a longtemps qu'on n'a plus de berceau dans l'appartement... »)

Laissez-moi vous dire que si dormir à côté d'une fille contrarie le sommeil, dormir à côté d'un bébé le rend impossible. Ce n'est pas seulement qu'il fait des bruits, c'est qu'il n'arrête pas de bouger. Il se couche en travers, il passe d'un côté à l'autre, il vous lance ses bras et ses jambes dans la figure... On peut faire une croix sur ces quelques heures de sommeil si nécessaires quand on est debout depuis six heures du matin, et soumis à un stress intense dans les seize heures qui suivent, ces quelques pauvres petites heures de sommeil si précieuses...

30.

Ils dorment tous les deux comme des bienheureux quand je me glisse hors du lit communautaire. Chouchou est étalé au beau milieu, Lison recroquevillée sur le bord. Je devrais être endormi, je suis ultra-réveillé. Pour être franc, je suis dans un état d'éveil anormal. J'ai même précédé le réveil. Je sors de la douche quand il commence à sonner. J'avale fébrilement une double ration de céréales. Je ne peux pas me passer en même temps de dormir et de manger.

Je suis devant le collège avant l'équipe. J'attends en sautant d'un pied sur l'autre et en soufflant dans mes mains. Il ne pleut pas mais il s'est mis à faire vraiment froid. Quand il ouvre la porte, Dark Vador me fait un petit sourire en coin.

– Hello, Mary Poppins. Tu t'es débarrassé du gamin ?

– Comme vous voyez.

– Et sa mère ?

– Elle viendra pas ce matin.

– C'est toi qu'elle prévient pour les absences ?

– Elle ne vous a pas téléphoné ?

– Tu rêves ! J'aimerais bien savoir pourquoi elle prévient le délinquant et pas le chef d'équipe...

– Peut-être parce qu'elle a confiance dans le délinquant ?

– Bien sûr. Qui se ressemble s'assemble. C'est pas comme ça qu'elle s'en sortira, celle-là.

Samia, Karine et Dorothée arrivent en groupe. Puisque j'ai assuré que Bébé ne viendra pas ce matin, on refait les équipes. Dark Vador et Samia restent ensemble, je fais équipe avec Karine, et Dorothée se débrouillera de son côté.

– Faut pas croire que je vais faire l'étage à fond, on est bien d'accord là-dessus, prévient-elle d'un ton menaçant.

– Tu fais ce que tu peux, répond Dark Vador. Ce sera toujours mieux que si je laisse le gamin tout seul.

Dorothée m'évalue de la tête aux pieds en enfilant son tablier.

– C'est sûr. Je me demande quand ils vont arrêter de nous coller des bagnards, là-haut. Ou alors ils ont qu'à le dire clairement, qu'on est des éducateurs, et donner le salaire qui va avec.

Je veux bien être puni mais pas humilié publiquement. C'est pas compris dans la peine. Un jour ordinaire, ça me serait bien égal mais ce matin j'ai les nerfs à vif.

– Si je peux me permettre, je voudrais quand même préciser que je fais du vrai travail...

– Décoller les chewing-gums ? T'appelles ça du vrai travail ? Tout le monde s'en fiche des chewing-gums, personne les voit...

– Mais quand j'ai fait les sols ? Avec Bébé ?

– C'est vrai, dit Samia. Faut reconnaître qu'il ne méprise pas le travail. Tu fais des efforts, mon garçon, c'est bien. Mais, tu vois, c'est pas pareil avec quelqu'un qui connaît la musique.

– Je vous aide un peu... Vous n'êtes pas très nombreux. Comment vous faites quand vous n'avez pas d'élèves en punition ?

– On laisse tomber les chewing-gums, les peintures et vos saletés, grogne Dorothée. Si vous salopiez pas tout sans arrêt, on serait assez, c'est moi qui te le dis !

– Sois pas dure avec lui, proteste Samia. Il n'a pas tort. On fait comme on peut, mon gars.

– Je ne suis pas dure, je suis fatiguée, répond Dorothée. J'ai passé une sale nuit, j'arrive pas à dormir en ce moment, avec les soucis que j'ai...

C'est marrant : pour une fois que je me sens proche d'un autre être humain, il faut que ce soit une femme de quarante ans au moins, qui me déteste par-dessus le marché.

– Faut reconnaître qu'avec Bébé, on n'est pas vraiment aidés, dit enfin Karine. Allez, on y va, garçon. On ne peut pas passer l'heure à papoter.

– Fais vite, lui lance Dark Vador. Et garde cinq minutes pour le café.

– Le petit voyou va m'aider…

Elle prend le matériel et je la suis au deuxième étage.

L'absence de Bébé a un avantage, c'est que je suis dispensé de décollage de chewing-gums. Karine préfère que j'aide pour nettoyer les tables, les sols et les tableaux. Elle se charge de la serpillière et me confie l'éponge.

Karine a moins de conversation que Bébé, ou alors nous avons moins de choses à nous dire. Nous travaillons en silence, ce qui me donne le loisir de me laisser déborder par des pensées qui sont sinistres, amères et déprimées. J'en veux au monde entier, à Thomas qui m'a mis dans le caca, à Charpentier qui me persécute, à mon père qui ne comprend rien, à mon prof d'histoire qui nous hait, à Darin qui fait le malin avec les gosses, à Lison qui dort, à Chouchou qui dort, à ma mère qui dort, et à Bébé qui est une folle et qui n'a plus de batterie à son portable... Quand j'arrête de penser à l'un, c'est l'autre qui me vient à l'esprit. J'ai alternativement envie de les taper et de m'asseoir par terre pour gémir sur mon sort.

– Qu'est-ce qu'il t'a fait, ce tableau? dit Karine en s'appuyant sur son balai. C'est pas la peine de frotter comme ça! Tu vas t'user les bras à force...

31.

Elle a raison. J'ai serré cette éponge avec une telle rage que mes bras tremblent quand je prends mon gobelet. Je ne savais pas encore que le café pouvait être si bon. Il faut sans doute être arrivé à un certain stade de fatigue pour en apprécier tout le goût. Je dois y être parce que je demande un second gobelet.

– T'as pas peur d'être énervé ? remarque Karine. C'est pas un café de fillette, le café de Jerry. Hein, Jerry ?

– C'est vrai qu'il est serré, reconnaît Dark Vador. C'est ma femme qui le fait.

– Tu ne te débrouilles pas si mal, rigole Dorothée. Toujours des bonnes femmes pour te faire le boulot...

– C'est bien les bonshommes, soupire Karine. Ils s'arrangent toujours pour qu'on les serve et à la fin, c'est encore eux les chefs.

Samia ne dit rien. Elle regarde le bout de ses chaussures et elle sourit d'un air gêné.

– Je suis pas un bon chef? demande Dark Vador. Tu préférerais une bonne femme qui te crie dessus?

Karine hausse les épaules.

– Je dis pas ça contre toi, Jerry. T'es un bon chef, c'est pas la question. Ce que je disais, c'était du général.

– Ben justement, puisqu'on en parle, qu'est-ce que je fais avec Bébé? On peut pas continuer comme ça.

Je sens le tremblement me revenir. Je suis peut-être furieux contre elle, mais c'est une fureur personnelle. Je ne veux pas qu'on lui casse du sucre sur le dos.

– Faut réfléchir, dit Samia. C'est une brave gosse dans le fond...

– Vous le saviez, vous, qu'elle avait un petit? demande Jerry.

– Non, mais ça m'étonne pas franchement, répond Karine. Des gamines comme elle, j'en ai plein autour de moi. Je peux te dire que les gosses, ils leur viennent sans qu'elles aient eu le temps d'y penser.

Dark Vador lève les yeux au plafond.

– Ça me dit pas ce que je vais faire...

– Tu peux pas la virer comme ça, fait Dorothée. Moi aussi, j'ai eu des gosses avant l'heure. Si j'avais pas eu des patrons arrangeants, je ne sais pas comment j'aurais fait.

Ils sont là, tous en cercle, leur gobelet à la main, à échanger des regards désolés.

– Mais je croyais que vous ne l'aimiez pas beaucoup ?

Ma voix résonne toute petite dans le local. Dark Vador sourit.

– Si on l'aimait pas, ça fait longtemps qu'elle aurait dégagé. Tu peux pas savoir ce qu'elle nous a fait voir. On est encore bien gentils, dans l'équipe. Seulement, le monde est pas comme nous. Si elle apprend pas, elle va avoir du mal à se faire une petite place.

– Peut-être qu'elle va trouver un moyen à elle, dis-je alors. Peut-être qu'elle va réussir à se faire une vie.

– Peut-être qu'elle va gagner au Loto pendant que tu y es, fait Samia.

– Si elle joue, pourquoi pas ? remarque Dorothée. Les gens qui tentent leur chance, des fois ils gagnent.

– Des fois, dit Dark Vador en envoyant son gobelet dans le sac-poubelle. Mais pas souvent.

Ils reprennent leurs manteaux et nous nous préparons à partir quand Karine m'arrête.

– C'est ton dernier jour, non ? Hé ! Faut dire au revoir au petit !

Dark Vador me tend la main.

– Au revoir, mon gars. Hésite pas à passer dire

bonjour à l'occasion. Enfin... si t'es capable de te lever assez tôt pour ça.

– Lui dis pas de recommencer à faire l'imbécile! rigole Samia.

– C'est pas ce que je dis. Je dis que des délinquants comme lui, je veux bien en reprendre. Enfin, tu sais où nous trouver, hein?

– On te donnera un café, dit Dorothée.

– Et un grattoir! ajoute Samia et là-dessus tout le monde rigole et je dois être vraiment sur les nerfs parce que j'ai envie de pleurer.

C'est quand même idiot. Normalement, je devrais les détester et être trop content d'en avoir fini avec eux. Et c'est juste l'inverse qui se passe. Je n'ai pas envie de les quitter. Entrer dans l'équipe d'entretien a été la meilleure chose, et la plus intéressante, que j'aie faite de la semaine. Peut-être que je devrais laisser tomber les études générales. Peut-être qu'on s'est trompé d'orientation. Je pense à tous ces trucs sentimentaux et je suis tellement débordé d'émotion que tout ce que je trouve à leur répondre, c'est :

– Merci...

Je les regarde partir. Ils vont passer la porte, se retrouver dans la rue, faire leur vie à eux. Et moi, je vais rester. On va me demander de m'asseoir sur une chaise et d'écouter des gens qui me parlent de choses qui ne m'intéressent pas, que je ne comprends pas et qui ne me servent à rien. Et ça va durer des heures… C'est trop injuste. Je m'apitoie sérieusement sur mon cas quand soudain le souvenir de Chouchou revient me frapper comme un missile. Non seulement il faut que je reste bouclé dans ce collège, mais en plus il faut que je m'occupe à distance d'un bébé clandestin… Dis, Frédéric, il est là le point final de ta loi ? Je l'ai enfin atteint, le point de l'Emmerdement Maximum ? Tu m'entends, Murphy ?

32.

Huit heures trente-cinq. J'en connais qui dorment encore quand d'autres ouvrent leur sac pour en sortir leur Bic et leur cahier... Ah non, mince, j'ai encore oublié mon cahier. Pas de chance. Je mendie une feuille autour de moi. Dix copies doubles atterrissent sur ma table. Ils sont aux petits soins, dans cette classe. C'est peut-être le moment de lever un impôt, pour frais de garde et compensation de mes malheurs.

La prof d'anglais fait l'appel. Deux absents, c'est sans surprise. Pour moi au moins. Du côté des profs, on s'étonne. Hier déjà, il manquait du monde. Tout le monde se sent bien ? Personne n'a mal à la tête ? Pas de cas de gastro à signaler dans les rangs ? De méningite dans les familles ?

Ce n'est pas que je n'aime pas l'anglais mais j'ai du mal à lutter contre l'envie de dormir. Les heures passées à négocier ma place entre Lison et Chouchou me tombent dessus en même temps. Je n'arriverai jamais à la fin de l'heure. Et je ne parle pas de la fin de la matinée...

Je me fais choper en SVT, une fois de plus. Je me suis endormi sur ma table. C'est la main du prof sur mon épaule qui me réveille.

– Eh bien ? Je suis tellement ennuyeux ?

Je lève la tête. J'écarquille les yeux. J'ai le menton humide. J'ai dû baver en dormant. En temps ordinaire, une vingtaine de personnes seraient en train de ricaner en me montrant du doigt. Mais ils se taisent, et leur silence est un avertissement. Même le prof subit l'influence de ce calme inhabituel. Il demande, d'une voix douce et presque inquiète :

– Vous vous sentez bien, Antoine ?

Je lui adresse un pauvre sourire. Je me retiens de lui répondre que j'ai juste envie de mourir.

À la récréation de dix heures, je m'enferme dans les toilettes pour prendre des nouvelles de la troupe. Dans le contexte plutôt tendu, elles ne sont pas si mauvaises. Ma mère a préparé de la bouillie pour le bébé collectif. Gabrielle s'est installée chez Thomas. Lison leur a laissé Chouchou. L'équipe de garde attend du renfort à l'heure de la cantine. De mon côté, tout est en place. C'est l'autre côté qui ne va pas... Zéro message de Bébé. Apparemment, elle est toujours en train de chercher un vieux chargeur pour son vieux portable. Ou alors, elle nous a abandonnés. Elle compte me laisser son fils jusqu'à la fin de mes jours. C'est affreux. Je suis beaucoup trop jeune pour avoir un bébé. Moi aussi j'ai une vie à réussir.

– Une pastille à la réglisse?

Je n'adore pas la réglisse mais j'aime beaucoup que Frédéric s'occupe de moi.

– Tu fais une drôle de tête. C'est le bébé?

– Je ne sais toujours pas quand sa mère va venir le chercher. Elle ne m'appelle même plus...

Frédéric secoue la tête.

– Pauvre Toto, on dirait que tu n'es pas au bout de la loi de Murphy.

– Tu dis ça pour me remonter le moral?

– Je constate. Mais, à ce stade, on peut penser que l'Emmerdement Maximum n'est plus très loin.

– Je me sens très soulagé, d'un coup. Je te remercie.

– De rien. Besoin d'un coup de main?

– Pour l'Emmerdement Maximum?

– Non, pour le bébé.

– J'ai ce qu'il faut, merci. Enfin... Tu sais comment je peux faire pour sortir à l'heure de la cantine?

– Je vais réfléchir.

La plupart des gens disent qu'ils vont réfléchir pour signifier qu'ils ne vont rien faire du tout. Mais Frédéric fait partie des rares personnes pour lesquelles la réflexion est une action, pas une sieste. Quand il promet de réfléchir, il y a de bonnes chances que les affaires s'arrangent.

À midi, effectivement, il a trouvé. Alors que nous approchons de la porte de sortie que garde la surveillante, on entend un cri dans le hall. Puis un appel déchirant, lancé par la voix très reconnaissable d'Adèle : « Madame ! Madame ! » La surveillante a vite fait de choisir ses priorités. Elle quitte la porte et se précipite vers les cris. Nous sommes quelques-uns à en profiter pour nous glisser dehors. Je détale avec Pauline.

– Qu'est-ce qui s'est passé ?

– Aucune idée, répond Pauline. On est sortis trop vite.

– C'est un garçon de votre classe, lance derrière nous une fille de quatrième. Un Chinois.

– Frédéric...

– Bien vu, ma grosse ! Cette fois, ça ressemble vraiment à une épidémie...

33.

Ils sont tous les trois assis devant la télévision. Gabrielle et Thomas sont presque assoupis. Chouchou mâche consciencieusement les franges de la couverture sur laquelle il est assis.

– C'était bien ? lâche Thomas sans quitter l'écran des yeux.

– C'était dément. En anglais, on a écouté Eminem. Et en SVT, il a passé un docu sur les trous noirs.

– C'est une blague ?

– À ton avis ?

Gabrielle secoue un paquet de chips presque vide dont elle parvient à extraire quelques miettes.

– Note qu'à la télé, on a vu un film en anglais sur les pieuvres. C'était bien cool. Tu sais qu'elles ont neuf cerveaux ?

– Ça fait déjà neuf de plus que Charpentier, dit Pauline.

– Vous avez fait comment pour sortir ?

– Frédéric s'est évanoui derrière la pionne.

– Il est trop fort, soupire Thomas. Dis donc, t'as pensé aux petits pots ?

– T'as même pas fait les courses ?

– Je peux pas passer ma vie au supermarché ! En plus, fallait que je surveille ton bébé.

– C'est aussi ton bébé, je te rappelle ! Si t'avais pas tagué partout, il ne serait pas là !

– Ouh là, c'est dingue ce que t'es énervé ce matin... Alors, qui va au supermarché ?

Je n'ai pas le courage de négocier. Il m'énerve trop. Même pas capable de faire les courses... Tout le monde sait pourtant qu'un bébé, ça mange à longueur de journée ! Faut pas être très malin pour prévoir. Je dépose mon sac et je sors en claquant la porte. Chouchou, mon vieux, on va essayer le hachis !

C'est peut-être la fatigue : je passe un temps fou au rayon bébé. Je suis hypnotisé par l'alimentation. C'est dingue, ces petits contenants. Ils font même le jus de fruits en mini-bouteilles. Alors qu'on pourrait l'acheter dans une grande bouteille, quinze fois plus pour quinze fois moins. N'empêche, c'est trop mignon. Je me laisse aller. Je passe en caisse avec le hachis Parmentier, la crème noisette et la mini-bouteille de jus d'abricot. Je suis assez content de moi en revenant au nid. Il faut que je vérifie l'état de la couche de Chouchou. Ils sont capables d'avoir oublié.

Quand j'entre dans l'appartement, il y a foule. Charpentier a renvoyé Frédéric. Et comme ses parents ne pouvaient pas venir le chercher au collège, Darin s'est proposé pour l'accompagner. Ils ont rappliqué directement chez Thomas et Darin est en train de changer Chouchou.

– Je me disais aussi qu'il avait une drôle d'odeur, grimace Gabrielle.

– Le problème avec vous, ronchonne Darin, c'est qu'on devrait pas vous faire confiance. On peut même pas vous confier un bébé deux heures.

– À propos, fait Thomas qui se tient à bonne distance de la table sur laquelle Darin déplie une couche propre, il arrête pas de baver. Il a pourri la couverture sur le canapé. C'est normal ?

– Il fait ses dents, oui c'est normal. Tiens, va jeter la vieille couche !

Thomas saisit la couche sale du bout des doigts et lui lance un regard écœuré. Darin tend Chouchou à Gabrielle.

– Prends-le pendant que je vais faire chauffer le petit pot. Il doit avoir faim.

– Je viens avec toi, dit Pauline.

Depuis qu'il est arrivé, elle le couve avec des yeux extasiés. On dirait qu'elle ne l'a jamais vu avant. On dirait qu'elle a oublié que c'était Darin.

– Toi, tu devrais faire puériculture, dit Gabrielle en secouant Chouchou comme une bouteille de ketchup.

– Je serais mieux dans une crèche que dans un collège, c'est sûr, répond Darin avec une sorte de fatalisme. Les gens sont moins tarés.

– Les gens ? Tu veux parler des bébés ?

– De qui tu veux que je parle ?

Pendant que nous sommes tous terriblement occupés par Chouchou, Frédéric s'est collé devant la télé. Au moins, il ne fait pas semblant de s'intéresser.

– Quelqu'un a prévu quelque chose à manger pour les grands ? demande-t-il du fond du canapé. Et quelqu'un peut me dire où est la télécommande ? C'est pas que j'aime pas les animaux mais j'aimerais bien voir les informations régionales.

– Regarde sous les coussins ! dit Gabrielle. Et attends, je te passe le bébé...

– Pas question ! J'ai rien fait de mal. Je suis juste

là pour rendre service à Antoine. On mange rien, alors ?

– Il est lourd celui-là, fait Thomas qui revient d'avoir jeté la couche. T'as qu'à nous faire des pâtes si t'as tellement faim…

Frédéric est trop occupé à changer de chaîne pour répondre.

– Je vais les faire, les pâtes, propose Pauline en se précipitant vers la cuisine.

N'importe quoi pour être à côté de Darin, ça saute aux yeux. Ce qui n'aurait même pas été imaginable il y a encore une semaine est en train de se passer devant nous. Un Darin inconnu s'est révélé. Et dans cette révélation, il est en train de gagner ce dont il rêvait jusque-là sans espoir : Pauline. Tout ça grâce à quoi ? À un bébé inconnu qu'on n'a pas choisi et qui n'est même pas encore averti des embrouilles de l'amour. Dingue.

Je suis plongé dans mes pensées philosophiques sur l'enchaînement des causes et des conséquences quand, pour la deuxième fois de la matinée, un cri inhumain vient me bousiller les oreilles. Frédéric. Encore.

– Là ! À la télé ! Là ! Antoine !

Aussitôt Chouchou se met à brailler, et tout le monde rapplique devant l'écran…

34.

Et là, devant notre assemblée effondrée, un flic en uniforme lance un appel solennel : on recherche activement un bébé de sept mois, disparu depuis deux jours de chez sa grand-mère. Suit l'image de la grand-mère qui agite devant la caméra une photo du bébé. Le point se fait sur la photo et là c'est clair : il est peut-être plus jeune d'un mois mais il se ressemble terriblement… C'est Chouchou. Quant à la grand-mère, elle doit avoir l'âge de ma mère mais elle a l'air beaucoup moins arrangeante. En gros, elle semble plus furieuse que triste. Là, on dirait que je vais toucher à l'Emmerdement Maximum. Il approche, il n'est plus très loin… Frédéric se tourne vers moi et m'adresse un regard plein de sympathie.

– Cette fois, mon pauvre Toto, on y est.

– Alors comme ça, tu t'appelles Gabin ? dit gentiment Gabrielle à Chouchou qui a cessé de pleurer au moment même où sa grand-mère télévisée est apparue à l'écran.

– J'aurais jamais dû laisser la punition à Antoine, gémit Thomas. J'aurais dû me dénoncer tout de suite.

Je n'en reviens pas. Je veux bien qu'on ne soit pas toujours solidaire. Mais ingrat à ce point-là, ça ne devrait pas exister.

– Je te rappelle que c'est toi qui m'as supplié ! J'ai dit oui pour t'aider !

– Justement ! J'aurais dû me méfier. À force d'aider n'importe qui, tu fais n'importe quoi ! En plus, vous êtes tous dans mon appartement...

– Tu veux qu'on aille chez moi ? propose Pauline.

– Bonne idée, approuve Darin qui tient à la main son petit pot de hachis Parmentier. On emmène Gabin chez Pauline et on se planque en attendant que ça se calme.

Il se croit dans un film, ma parole.

– Aucune chance que ça se calme, remarque posément Frédéric. Le mieux serait de le rendre maintenant.

Je suis d'accord pour me débarrasser de Gabin. Mais pas pour le laisser à n'importe qui. C'est à moi qu'il a été confié, je suis responsable de sa prochaine garde. La meilleure solution serait que le flic des infos le ramène à sa grand-mère. Mais je n'ai pas très envie d'aller me rendre comme un criminel au premier policier que je croise dans la rue. Je vais passer pour un ravisseur qui séquestre les enfants, on va m'emmener en prison, et après je deviendrai une tragique victime de bavure. Je suis sûr que ma mère serait d'accord avec moi. Elle a toujours des histoires horribles à raconter sur toutes les polices du monde. Ma mère... Qu'est-ce qu'elle dira quand elle saura que le frère de Lison est en réalité le fils de Bébé ?

À nouveau, c'est Darin qui nous sort d'affaire :

– Si on le donnait à Mme Boudaia ? Une directrice de la maternelle, les enfants, c'est un peu son boulot. Sans compter qu'elle nous connaît et qu'elle est gentille. Elle n'aura qu'à dire qu'elle l'a trouvé par terre, genre posé devant l'école. Comme elle est plutôt vieille et qu'elle est directrice, tout le monde la croira.

– On peut essayer... murmure Gabrielle. Mais passe-moi le petit pot. D'abord, je le fais manger.

– On va venir avec vous, propose Frédéric. Si on part tout de suite, on a le temps d'être à l'heure au collège.

– Quoi ?

Il y a de l'indignation dans la voix de Darin.

– Tu vas y retourner et t'es même pas obligé ?

– J'aime bien le cours de français.

– Je m'en doutais, fait Darin comme si l'autre venait d'avouer un vice effrayant.

Chouchou, nouvellement appelé Gabin, raffole du hachis Parmentier, consolation minuscule dans mon désespoir, mais consolation quand même. Thomas le regarde manger avec dégoût, ce qui ne le trouble pas un seul instant. Le bébé préfère sa nourriture à son image de marque. C'est sa force.

Chez nous, c'est plutôt la faiblesse qui l'emporte. Nous ne parlons plus qu'à voix basse, comme si nous étions écoutés par des oreilles géantes. Nous sommes devenus des paranoïaques. C'est fou comme on a vite fait d'entrer dans la peau du coupable.

À l'exception de Darin, personne n'a très faim pour les pâtes de Pauline. Et ce n'est pas seulement parce qu'elles sont trop blanches, trop cuites et sans sel. Thomas balance le contenu de la casserole dans la poubelle pendant que je glisse Gabin dans son porte-bébé. Je rabats mon blouson sur lui et Gabrielle m'enroule dans sa grande écharpe. Résultat : si Chouchou est bien caché, j'ai l'air d'un pur cinglé (ce qui vaut toujours mieux que d'avoir l'air d'un pur ravisseur). Nous descendons l'escalier sur la pointe des pieds et en chuchotant. N'importe quelle personne normale pourrait croire que nous sortons de l'appartement que nous venons de cambrioler.

Enfin nous sommes dans la rue. Je ne peux pas m'empêcher de penser qu'autour de nous, tout le monde est au courant qu'on cherche un bébé. J'ai l'impression que les gens me regardent de travers. Je baisse la tête et je sens Gabin qui frétille et bave tout ce qu'il peut sur mon sweat-shirt.

– Je vais lui parler, dit Darin quand nous sommes devant la grande porte de l'école. Elle m'aimait bien.

– C'est sûr qu'elle se souvient de toi, ajoute Pauline avec une pointe de fierté.

– Dépêche-toi, fait Thomas. J'aime pas beaucoup rester dehors. Je me sens fragile.

Darin sonne. La gardienne entrouvre la porte et il entre. Elle a dû le reconnaître, elle aussi. Nous n'avons plus qu'à l'attendre, et à nous débrouiller pour prendre l'air innocent.

– Mais qu'est-ce qu'il fabrique? s'impatiente Gabrielle. Il est là-dedans depuis des heures...

– Ça ne fait jamais que cinq minutes, corrige Frédéric. Laisse-lui un peu de temps...

35.

Cinq minutes ou des heures, ça n'a plus beaucoup d'importance. Quand Darin se décide enfin à sortir, précédé de Mme Boudaia, nous sommes en état d'arrestation, mes complices et moi. Frédéric a bien essayé d'expliquer qu'il fallait qu'il aille au collège pour le cours de français, mais les deux policiers n'ont rien voulu entendre.

– Tu feras du français plus tard, dit le flic. Là, on t'embarque pour l'instruction civique.

– Toi aussi, Frédéric… se désole Mme Boudaia. Mais qu'est-ce que vous avez dans la tête, tous ?

– Vous les connaissez ? demande le flic.

– Un peu, je les connais ! Je les ai eus en maternelle.

– Des enfants à problèmes ? Des situations familiales à signaler ?

– Ah non. Ils étaient faciles. Et je dirais pas ça de tous les gosses que j'ai eus.

Elle se tourne vers moi.

– C'est toi qui as déclenché cette catastrophe ? Antoine ?

– Il est pas le premier responsable, fait alors la voix de Dark Vador derrière moi.

Je ne l'ai pas vu arriver. Mais maintenant qu'il est là, c'est évident : il m'a balancé. Le collège a donné mon adresse. Il ne restait plus qu'à faire le tour du quartier, et à me cueillir. Maintenant, il est là pour m'identifier. « Oui, c'est bien lui, monsieur l'agent. Je l'ai rencontré au titre de délinquant. C'est un cas de récidive. » Il n'est même pas gêné d'avouer.

– J'ai pas fait ça contre toi, mon gars. Mais j'ai vu les infos et je me suis souvenu du gamin de Bébé. Du coup, je les ai appelés. Fallait bien rassurer la grand-mère. À ce propos, toujours pas de nouvelles de la mère, je suppose ?

– Son portable a plus de batterie...

– Celle-là... soupire Dark Vador. C'est toujours galères et compagnie.

Sur cette brillante maxime, Gabrielle est saisie d'une inspiration subite.

– Hé, monsieur l'agent, vous voyez bien qu'on n'a

rien fait ! On rend le bébé, et en échange vous nous laissez partir.

– Ça, mademoiselle, c'est pas possible. Faut voir qu'il y a quand même eu une alerte et tout le tremblement. En conséquence de quoi, on va tous s'expliquer au commissariat. Et pour le petit jeune homme, celui qui a pris le bébé, on prendra le temps qu'il faudra.

Si je n'avais pas Chouchou sur le ventre, je m'évanouirais. Je me vois déjà bouclé dans une cave, sans lacets ni ceinture, en train d'implorer pour avoir le droit de passer un coup de fil.

– Je peux appeler ma mère, s'il vous plaît ?

– Le collège s'en est chargé. Et vu que personne a répondu, elle trouvera l'information sur son répondeur. Ce serait mieux qu'elle vienne te récupérer. Sinon, on sera obligés de te chercher un foyer...

Oliver Twist, maintenant. Ils vont me mettre dans une prison d'enfants.

– Et une copine ? Je peux appeler une copine ?

– T'appelles personne pour le moment.

– Et Chouchou ? Je vous le donne maintenant ?

– Chouchou ?

– Pardon. Gabin.

– Gabin ?

– L'enfant, quoi.

Il cherche des yeux autour de lui.

– J'ai personne pour le prendre. Tu le gardes jusqu'à nouvel ordre. Allez, en route !

– Et moi, monsieur, je peux appeler ma mère ? demande Gabrielle.

– Personne appelle personne, j'ai dit. On en reparle une fois qu'on sera arrivés. En route !

Mme Boudaia nous regarde partir avec des soupirs navrés.

– T'inquiète pas, Gabrielle, lance-t-elle. J'appelle tes parents !

– Et moi, madame ? réclame Pauline. Et moi ?

Je n'ai pas une très grande expérience mais pour une arrestation, je trouve que ça se passe plutôt bien. Pas de fouille, pas de menottes, pas de sirène ni de bagnole à fond la caisse. Je ne dirais pas que je suis déçu. Disons que j'ai connu pire avec Charpentier. Jusque-là en tout cas.

Les choses se gâtent quand nous arrivons au commissariat. C'est un petit commissariat, construit juste à côté de la mairie. Je suis passé devant un million de fois, jamais je n'ai imaginé que je serais un jour client. Quand je pense que la veille encore j'étais assistant maternel, j'ai le vertige. Mais quand je vois, debout devant le guichet d'accueil, la silhouette minuscule et familière de Charpentier, j'ai vraiment les jambes qui flanchent. Qu'est-ce qu'elle fait là ?

– Ce sont mes troisièmes ! crie-t-elle en se jetant sur le policier qui nous amène.

– Du calme ! fait le policier en s'écartant. Pour le moment, ce sont mes prévenus.

Pauvre gars. Il ne la connaît pas. Elle se colle sous son nez et agite son index pointu à portée de ses narines.

– Jeune homme ! (Le type a au moins trente ans.) Ils sont sous ma responsabilité et je vous promets que je défendrai leurs intérêts comme je défendrai les miens !

– Mais, madame... se défend le policier. Je vais pas les bouffer, vos gosses. Par ailleurs, laissez-moi faire mon boulot. Je connais la procédure.

– Ce sont des enfants ! hurle Charpentier.

– Ce sont des mineurs, argumente le policier. Et maintenant, permettez-nous d'entrer dans nos bureaux.

– S'il vous plaît !

– S'il vous plaît...

Elle l'a mouché. Un type avec un uniforme et un pistolet. Charpentier. Je suis à deux doigts de pleurer de reconnaissance quand elle se tourne vers moi et qu'elle me fixe de ses yeux perçants...

36.

– Quant à vous…

J'écoute. Mais visiblement, elle a trop de choses à me dire. Elle est débordée par leur nombre.

– Quant à vous, Antoine…

– Oui, moi ?

Je suis encore trop sympa de lui tendre des perches.

– Vous !… Vous !… Si vous pensez que c'est le moment de faire le malin !

– Je pense rien du tout.

– Alors taisez-vous !

Je m'exécute. Elle me regarde méchamment pendant encore quelques milliers d'années. Puis enfin :

– La sanction sera exemplaire !

– Mais j'ai rien fait, madame !

Elle se tourne vers l'assemblée tétanisée et déclare triomphalement :

– Il n'a jamais rien fait et pourtant, curieusement, il

se retrouve toujours en chef de file de la catastrophe! Étonnant, non?

Si elle espère des approbations, c'est loupé. Tout le monde regarde ses pieds en attendant que ça se tasse.

– Chef de file de la catastrophe? répète Gabrielle à mi-voix. Ça veut rien dire...

– Un avertissement, Gabrielle Attias?

– Vous avez pas le droit, madame, on est dans le civil...

– Vous allez le virer? demande Darin. Il aura conseil de discipline?

Pour une fois que ce n'est pas lui qui y passe, il s'intéresse à fond. Charpentier devrait l'encourager. Lui proposer de faire délégué des élèves à titre exceptionnel. Je ne peux pas garantir qu'il ferait un très bon avocat de la défense... Mais on ne sait jamais. Un repenti, ça peut faire de l'effet.

Tiens, ça bouge à la porte d'entrée. Ça sonne. Ça insiste. Ça entre. Ma mère marche en tête, suivie de quelques parents arrachés à leur travail en milieu de journée. Ils n'ont pas l'air contents, encore qu'on ne sache pas bien après qui ils en ont, le collège, le commissariat, ou leurs enfants. Tous ces gens se jettent sur nous en désordre. Ma mère m'agrippe par le bras en gémissant. Et là-dessus se passe ce qui devait se passer.

Chouchou qui roupillait si bien jusque-là se réveille et se met à hurler. Je pare au plus pressé. Je le sors de son porte-bébé. Ses grosses joues sont rouge violacé. Darin tend les bras.

– Passe-le-moi !

– Darin ? s'étrangle Charpentier.

– Le petit frère de Lison… murmure ma mère.

– Chouchou ! lance Lison.

Je ne l'ai pas vue entrer, celle-là. Ce commissariat, c'est un moulin.

– Lison ?

Elle a un petit sourire désolé.

– Je finis plus tôt le vendredi… Alors, je suis venue chez Thomas. J'ai sonné. Il n'y avait personne. Mais ta mère était dans la rue…

Et maintenant, elle est là, au milieu de l'émeute. Je ne veux pas savoir comment elle va s'en sortir, mais franchement elle est trop mignonne. Tous les défauts que j'ai pu lui trouver autrefois sont pardonnés. C'est le genre de fille qui se révèle dans la difficulté. Mon problème, c'est que, sorti de la difficulté, elle risque vite de me trouver ennuyeux. Mais ma force, c'est que je ne suis pas près d'en sortir. Je suis dans la misère jusqu'au cou.

Insensiblement, nous nous sommes rapprochés, mon policier et moi. Il me parle à l'oreille.

– Ça commence à faire beaucoup. Laisse le petit à ton copain et suis-moi, on file.

Nous nous dirigeons discrètement vers la porte qui conduit aux étages. Nous sommes presque sauvés quand la voix de mon père retentit au-dessus du vacarme :

– La leçon de tout ça, c'est que je ne peux pas tourner le dos cinq minutes ! Il te ment sans arrêt et tu refuses d'exercer la moindre autorité ! On dirait que ça te fait plaisir de te laisser embobiner !

Le policier me jette un coup d'œil inquiet.

– Ton père ?

– C'est ça.

– Vite ! Par là !

Il ouvre une porte qu'il referme aussitôt que nous l'avons passée. De l'autre côté, on entend Charpentier protester, puis le collègue qui essaie de repousser la foule dans la salle d'attente. Au niveau sonore, on devine que ça négocie ferme. C'est fou de penser qu'on a réussi son évasion quand tout ce qu'on vient de faire, c'est de se laisser enfermer dans les locaux d'un commissariat de quartier...

– Elle est toujours comme ça ? chuchote le policier en se penchant vers moi. La CPE, je veux dire.

On dirait qu'il a peur qu'elle l'entende.

– Je peux pas dire. Je la fréquente au collège. Elle est peut-être différente quand elle est dehors.

– Ben là, elle est dehors…

– Sauf que c'est un commissariat. Peut-être que ça lui rappelle le collège, on ne sait pas.

Nous avons monté deux étages. Mon policier me fait entrer dans une pièce en longueur, encombrée de trois bureaux. Il occupe le dernier, à côté de la fenêtre.

– J'espère qu'il est moins miteux, ton collège…

Les locaux ne sont pas terribles, j'avoue. Il y a de la poussière partout et la peinture s'écaille par plaques. Le plus réussi, ce sont encore les affiches aux murs. Apparemment, les gens ont le droit d'installer leur petite déco individuelle. J'aime bien le bureau près de la porte et son affiche d'*Intouchables*. Mon policier à moi est un fan de heavy metal. Il me fait asseoir en face de lui et d'une affiche de Motörhead (hideuse, je le reconnais). Il a pourtant l'air gentil, ce qui prouve une fois de plus que les métalleux sont de braves gens sous leurs côtés un peu farouches. Quand il parle, il hésite au milieu des mots. On croirait un type qui fait des efforts pour ne pas bégayer.

– Allons-y. Je t'écoute. Comment t'as récupéré le gamin ?

– Je vais aller en prison ?

Il secoue la tête.

– Je crois pas, non.

– Je suis trop jeune ?

– C'est les criminels qu'on met en prison, pas les imbéciles. Allez, raconte !

Pendant que je parle, il n'arrête pas de lever les yeux au ciel.

– Et t'as rien dit au collège ?

– Et t'as rien dit à ta mère ?

– Et t'as pas pensé à la grand-mère ?

– Et t'as pas eu l'idée d'aller voir les flics ?

Il est fou, lui !

– Comment je pouvais savoir que c'était interdit ! C'était pour rendre service !

– J'en ai vu passer, crois-moi, des gars qui voulaient rendre service ! Fais-moi plaisir, gamin : arrête. Laisse les gens se débrouiller tout seuls.

C'est à mon tour de lever les yeux au ciel.

– Mais si personne rend jamais service… comment il sera, le monde ? Hein ?

Il soupire.

– Je m'adresse à saint Antoine maintenant… Tu parles comme c'est facile… Si tu tiens absolument à te gâcher la vie, je vais te donner un conseil. Avant de faire n'importe quoi, demande à un flic. Il te dira.

– Oui, monsieur. Merci.

– De rien, jeune homme. C'est gratuit.

Et le voilà qui tape comme un sourd sur son clavier. Il n'y a pas que la peinture qui va mal dans la police. Du côté de l'informatique aussi, ça s'écaille…

37.

C'est étrange. À force d'émotions, j'ai oublié Bébé. J'ai arrêté de sortir le téléphone de ma poche toutes les trois secondes. J'ai cessé de penser à elle et de la détester. Elle m'est sortie de l'esprit. C'est précisément le moment qu'elle choisit pour revenir dans ma vie. Ma poche vibre. Je prends le portable et je regarde mécaniquement l'écran. Le nom s'affiche : Bébé. C'est presque une surprise.

– Hé, monsieur ! Un sms ! C'est elle ! C'est la mère !

– Ta mère ?

– La mère de Gabin.

– Pas trop tôt. Qu'est-ce qu'elle dit ?

– De l'appeler. Elle a pas beaucoup de crédit.

– Ça commence bien… Appelle-la ! Qu'est-ce que tu attends ?

– Là ? Devant vous ?

– J'espère bien ! Tu mets le haut-parleur s'il te plaît, et après, tu me la passes.

Elle a dû garder son téléphone à la main parce qu'elle décroche tout de suite. Je ne suis pas très fier d'avoir mis le volume mais j'ai été obligé. J'essaie de placer un mot pour l'avertir. Elle ne m'en laisse pas le temps. Elle me noie dans un torrent de paroles. J'en suis réduit à faire des gestes désespérés à mon policier.

– Biquet ! Tu devineras jamais ce qui m'arrive, c'est trop dingue, ils me gardent et le plus dingue de tout c'est qu'ils me paient, c'est pas de la blague, et en plus, là je peux prendre la journée, je rentre et je viens chercher Chouchou, parce que après j'ai rencontré une fille qui a déjà une garde pour son gosse, je te jure, elle veut bien partager pendant qu'on bosse, trop gentille, ça veut dire que j'ai trouvé le début de ma nouvelle vie, mon petit biquet, je suis trop trop trop heureuse, tu peux même pas imaginer !

– Bébé, justement, là, faut que je te dise, je suis...

– T'inquiète, ma petite biquette, j'arrive, il me manque trop mon Chouchou, et toi aussi, je te promets que c'est vrai, ma mère elle peut aller à tous les enterrements qu'elle veut, elle peut même mourir personnellement, ça compte pour du beurre, parce que maintenant je suis une femme libre...

Mon policier préféré m'enlève le téléphone de la main. Il l'approche de sa bouche et il dit :

– Mademoiselle, vous parlez à un policier. Votre ami est actuellement en face de moi, au commissariat...

– Chouchou! hurle la voix de Bébé dans le haut-parleur. Mon fils! Qu'est-ce que vous lui avez fait?

– Du calme! Votre fils va bien. Votre ami s'en est occupé du mieux qu'il pouvait. Mais votre mère...

– Quoi ma mère?!

– Elle a appelé pour la disparition.

– J'avais pas disparu ma parole, la preuve que je suis là!

– Et votre fils?

– Pas disparu du tout, vu qu'il était chez Biquet!

– Mademoiselle, le mieux maintenant, c'est de raccrocher et de venir chercher votre fils.

– Où ça, je vais le chercher, si vous avez mis Biquet en prison?

– Au commissariat à côté de la mairie! Et le plus vite sera le mieux!

Il me rend mon portable en soupirant.

– D'ici qu'on lui colle un signalement et qu'on lui enlève son gosse, il n'y a pas loin...

– Vous êtes pas fou? Je préférerais encore aller en prison, tiens!

– Qu'est-ce que tu crois? C'est pas la colo! Elle est

sérieuse, la prison. Elle s'occupe des gens sérieux. Elle a pas que ça à faire, de récupérer des guignols comme vous !

– Mais, monsieur ! Personne peut enlever son fils à Bébé ! Faudrait avoir aucun cœur, aucun esprit ni rien connaître aux gens ni aux bébés et...

– Dis donc toi, tu vas pas te mettre à pleurer maintenant ?

Trop tard. Je me suis rassis sur ma chaise et je sanglote tellement que je n'arrive plus à reprendre ma respiration. Mon policier me tape dans le dos en grommelant. Pour ce que j'en comprends, il en a marre de tenir une crèche, c'est pas son boulot, il a autre chose à faire, il perd son temps avec nous... Je ne sais pas si c'est la fatigue ou l'énervement ou les deux à la fois, mais j'ai l'impression que je ne pourrai jamais arrêter de pleurer. Sans compter qu'après il va falloir que je m'explique avec ma mère, et avec mon père, et que Charpentier va me coller une exclusion et qu'on me mettra en pension comme promis depuis que j'ai douze ans... Jamais je ne serai assez fort pour défendre Bébé. Si on lui enlève Chouchou, ce sera ma faute. Ma vie sera ruinée et je n'aurai plus qu'à me jeter sous un train. Pleurs, pleurs et repleurs. Je laisse le policier sortir du bureau sans lever les yeux. Et c'est tout juste si je remarque qu'il est remonté avec mes parents.

– Rien de grave, c'est une petite crise de nerfs, dit-il à mi-voix. Le mieux serait que vous le rameniez chez vous maintenant. On vous rappellera pour la suite.

– Il va y avoir des suites ? demande ma mère.

– Ça n'ira pas courir bien loin. Je me charge d'expliquer à la grand-mère qu'elle a tout intérêt à ne pas faire d'histoires. Ces gens qui dérangent la police pour régler leurs petites affaires privées, je commence à en avoir marre...

– Allez, mon grand, fait la voix de mon père au-dessus de ma tête. C'est fini...

Je me lève lourdement. J'ai l'impression de peser douze tonnes. Mon père me prend par le bras pour me conduire jusqu'à la porte. Je ne pense qu'à une chose : il faut que je me calme avant de sortir. De quoi je vais avoir l'air si les autres me voient dans cet état ? Et Lison ? Lison qui est si forte ? Qu'est-ce qu'elle pensera de moi ?

38.

Quand elle me voit sortir, hoquetant et soutenu par mon père, Charpentier bondit de son siège baquet.

– Vous ! Qu'est-ce que vous lui avez fait ?

– Rien, soupire mon policier.

– Rien, madame !

– Rien, madame. C'est les nerfs qui ont lâché. C'est pas un méchant garçon, vous savez. Je dirais même qu'il est un peu trop gentil pour être vraiment malin.

– Je le connais mieux que vous ! répond Charpentier. Ses nerfs, ses nerfs, c'est un peu facile comme excuse…

– Mais bon sang, je l'ai pas tapé ! Hein, je t'ai pas tapé ? Même pas menacé. Dis-le, toi !

– Pas tapé, pas menacé, rien. Il a rien fait de mal, et je précise que moi non plus.

– C'est vrai, ça ?

Mon policier hoche la tête d'un air las.

– C'est vrai. On peut pas parler d'enlèvement, quand la mère l'a confié. D'ailleurs, où il est ce gosse ?

– Ici ! fait Pauline qui est assise à côté de Darin.

Installé sur ses genoux, Chouchou suçote tranquillement son vieux biberon. Mais il doit avoir un don de double vue parce qu'il se met soudain à s'agiter comme un possédé. Il jette son biberon par terre et il pousse de petits cris en regardant la porte. C'est alors que Bébé entre dans le commissariat, échevelée, splendide dans un envol d'écharpe.

– Mon Chouchou !

Elle se précipite et le prend dans ses bras. Ils sont tellement contents de se retrouver que toute l'assemblée se tait. Nous les regardons, collés l'un à l'autre comme des fous, chacun le nez dans le cou de l'autre. Bébé est peut-être complètement cinglée, mais on ne peut pas dire qu'ils ne s'aiment pas, ces deux-là. Ce que nous voyons là, c'est du pur amour. Je lis dans les yeux du policier qu'il ressent la même chose que nous. Le signalement s'évanouit dans sa mémoire, et si on lui pose des questions, il dira qu'il n'y a même jamais pensé.

Je sens le bras de Lison se glisser sous le mien.

– Les nerfs ? dit-elle avec un sourire narquois. T'as des nerfs maintenant ?

– Comment tu crois que je fais pour te supporter ?

– Lison, dit alors ma mère, il va falloir qu'on ait une petite explication…

– Pardon, madame ! fait Lison avec un sourire angélique. Je regrette. Je l'ai fait pour Antoine.

– N'embête pas la gamine, dit mon père avec son à-propos coutumier. Elle voulait bien faire.

– Je rêve, grommelle ma mère. C'est toi qui la défends maintenant…

Je collerais bien deux bises à mon policier avant de le quitter, mais je ne crois pas que ce soit prévu dans les codes de la police. Je me contente de répondre virilement à sa poignée de main.

– Tu n'oublies pas ce que je t'ai dit ? fait-il en me regardant droit dans les yeux.

– Non, monsieur. Promis.

– C'est bon. J'espère ne jamais te revoir. Salut !

Il repart vers son bureau et voilà, c'est fini. Nous reprenons le chemin de la maison. Mais si je crois en avoir terminé, c'est mal connaître ma mère. Elle a profité du rassemblement pour inviter tout le monde à boire un café, Bébé et son fils, Lison, Thomas, Frédéric, Pauline, Gabrielle, les parents… et même Charpentier !

– Ce serait pas de refus, sourit Charpentier. Mais

d'une part, j'ai un collège qui m'attend. Et d'autre part, je ne crois pas que ma présence apaiserait vos enfants. Je vous les laisse, je les retrouverai lundi.

– Je tiens à vous remercier, au nom de tous les parents, fait ma mère avec une sorte de petit salut reconnaissant.

– C'était mon devoir, répond modestement Charpentier. Un commissariat, on ne sait jamais...

– À qui le dites-vous ! approuve ma mère.

– Et on n'oublie pas de remplir son billet d'absence pour lundi ! lance Charpentier en prenant la rue du collège.

La joyeuse troupe s'engouffre dans le hall de l'immeuble, puis serpente péniblement dans l'escalier. Bébé et Chouchou sont les seuls à avoir le droit de prendre l'ascenseur.

– J'ai loupé le français, constate Frédéric en entrant dans l'appartement. Pour rien. C'est bête.

Personne ne relève. Pas même Darin qui, profitant de l'émotion générale, tient Pauline par l'épaule. Je ferme la porte sur les derniers arrivés et je me tourne vers Frédéric.

– Dis donc, je voulais te demander...

Il secoue la tête et me sourit.

– Toto, si j'étais Murphy, je te filerais une médaille. J'ai jamais vu personne accumuler autant de calamités, avec autant de bonne volonté. À part Adèle, peut-être, mais c'est une autre histoire. Tu t'es comporté comme un champion.

– Tu me flattes. Merci, ma grosse.

– Pas de quoi. C'est de bon cœur.

– Remarque... Je dirais pas que je remettrais ça tout de suite, mais pour être sincère je dois reconnaître qu'on s'est quand même bien marrés.

– Pour être sincère, oui, fait Lison dans mon dos. On s'est vraiment bien marrés.

– Contents que vous preniez les choses comme ça, remarque Frédéric avec flegme. C'est beau de voir qu'il y a des gens contents de commencer la semaine par une punition, heureux de la poursuivre par une disparition, et enchantés de la terminer par une arrestation. Ça m'étonnerait qu'il en existe beaucoup dans le genre. On peut dire que vous vous êtes trouvés... Mes félicitations.

– C'est trop gentil, murmure Lison.

Elle semble émue et je réalise que Frédéric Liu vient de faire ma déclaration, à ma place. C'est à moi de lui dire qu'elle est faite pour moi, ou que je suis fait pour elle, ou que nous sommes faits l'un pour l'autre. C'est à moi de lui dire des phrases émouvantes, et pas à ce frimeur qui me conseillait de dénoncer Thomas et qui n'a pas été fichu de prendre une seule fois Chouchou dans ses bras. Frédéric, traître, va faire tes compliments à Adèle Sainjon et laisse-moi m'occuper de Lison. C'est avec moi qu'elle se marre bien, je te rappelle. Je devrais profiter de l'instant pour dire quelque chose de mémorable et de brillant mais l'énervement m'a enlevé le peu d'inspiration que je pouvais avoir. C'est là que mon père a l'heureuse idée de proposer à boire à la cantonade. Tout le monde se déplace vers la table et je prends Lison par le bras.

– Lison, tu ne veux pas appeler ta mère pour lui dire qu'un ami traumatisé a horriblement besoin que tu restes avec lui ce soir ?

– Je veux bien. Et toi ? Qu'est-ce que tu diras à ta mère ?

– Que tu as du mal à dormir sans ton petit frère. Et qu'elle peut déplier son canapé.

Le soir tombe quand les invités finissent de quitter l'appartement. À force de discuter entre eux des problèmes que posent les collégiens, les familles monoparentales et les voyages de classe en hiver, ils se sont trouvé des affinités. Je crains que mes parents ne se soient fait de nouveaux amis parents d'élèves avec lesquels échanger des informations sensibles. Mais dans le fond, je m'en sors bien. Je n'ai pas entendu un seul mot de reproche à mon encontre. Chez les parents, on trouve globalement regrettable que j'aie tagué la porte de la cantine, mais formidable que j'aie soutenu Bébé dans l'épreuve. Bébé. C'est elle la vraie vedette de cette fin d'après-midi. Quand elle a raconté son histoire pleine de problèmes de travail et de garde, tout le monde s'est ingénié à imaginer des solutions. Incroyable. On aurait dit une sorte de Bébéthon. Quand elle nous quitte avec son Chouchou endormi sur le ventre, c'est tout juste si ma mère n'écrase pas une larme. On dirait qu'elle dit au revoir à son petit-fils. Elle a eu la décence de conseiller à Bébé de se réconcilier avec sa mère. Bébé a fait une grimace, mais elle a eu l'air d'écouter. Je sens que ma maman chérie vient de se trouver une nouvelle mission. Voilà qui va l'occuper entre deux dessins. Bravo, Bébé, tu es ma catastrophe préférée.

En dépit de mes efforts, je n'arrive pas à garder Lison le samedi soir.

– Faut quand même que je dorme quelquefois chez moi, dit-elle.

Je la raccompagne, je dis bonjour à ses parents, puis je rentre chez moi faire la sieste et récolter les fraises chez les Schtroumpfs. Étonnamment, mes parents oublient de s'intéresser à mon travail à faire, en retard ou bâclé. Ils me laissent vivre ma vie un peu nulle, comme une vraie personne un peu nulle. Je sais que ça ne durera pas. Mais c'est agréable.

Le soir, après le dîner, je passe prendre des nouvelles chez Thomas. Il est avec Pauline, Darin et Gabrielle. Ils mangent des chips en jouant sur l'écran de la télé.

– Tu ne devineras jamais ce qu'il a fait... dit Gabrielle en enfournant une poignée de chips dans sa bouche.

– Qui ?

– Thomas.

– Il a fait quoi ?

– Tais-toi ! lance Thomas en manœuvrant sa manette. C'est une surprise !

– D'accord, fait Gabrielle. Si je peux pas le dire, je me tais. Tu verras lundi, ma grosse...

Je m'assieds par terre avec eux. C'est un bon samedi soir chips-télé, qui se termine comme toujours quand ma mère me sonne pour que je rentre me coucher.

Et puis c'est lundi matin. Je cours jusqu'au collège. Mon sac ballotte sur mon dos. Je suis en retard et essoufflé. J'ai oublié l'affaire de la surprise... Une bonne dizaine de mètres avant d'arriver, elle m'éclate à la figure. En face de la porte d'entrée, un immense tag rouge et or barre le bitume du trottoir. On le lit clairement de loin : « Chouchou ». Deux cœurs dorés figurent les O. C'est énorme, et c'est splendide.

Je m'arrête pour admirer. Je ne suis pas le seul. Nous sommes une petite dizaine à regarder par terre, sans compter les deux surveillants.

– T'en penses quoi ? murmure la voix de Thomas à côté de moi.

– T'es complètement cinglé.

– Mais encore ?

– Il est drôlement beau.

– Je l'ai fait pour toi. En ton honneur.

– Et tu veux que je te dise merci ?

– Si tu veux.

– Bon. Merci.

– De rien. Ça me fait plaisir.

La sonnerie retentit dans le hall. Nous nous précipitons à la porte d'entrée. Nous traversons le hall au petit trot. Nous allons arriver salle 104 quand la main familière de Charpentier se pose sur mon épaule.

– Antoine ?...

– Madame ! C'est pas moi ! Je vous le jure...

– Antoine, cette fois… cette fois… vous avez de la chance que ça ne soit pas dans le collège… parce que sinon…

Je ne la laisse pas terminer. J'entre dans la salle et je m'affale au fond, à côté de Thomas qui sourit.

– Tu devrais envoyer la photo à Bébé, dit-il. À ta copine aussi. Cette fille… Manon ? Ce coup-là, ma grosse, je crois vraiment que j'ai été bon. J'ai tout donné. Et grâce à qui ? Grâce à toi ! T'es un ami, Antoine, un vrai, ça je peux le jurer…

Marie Desplechin

L'auteur

Marie Desplechin vit et travaille à Paris. Elle a trois enfants. Elle a signé de nombreux livres pour enfants et adolescents, comme *Verte* et *Le Journal d'Aurore*, ainsi que pour les adultes. *La Vie sauve*, écrit avec Lydie Violet, a obtenu le prix Médicis Essai en 2005. *Le Bon Antoine* est le deuxième volet d'une série d'histoires de collège commencée avec *La Belle Adèle*. Marie Desplechin s'intéresse à de multiples domaines et travaille avec des artistes de différentes disciplines, comme Carolyn Carlson pour la création du spectacle *Le Roi penché*. Elle a également écrit des scénarios pour le cinéma. Elle a étudié les lettres classiques et le journalisme et travaille toujours pour la presse.

Du même auteur chez Gallimard Jeunesse

FOLIO JUNIOR

La Belle Adèle, n° 1638

GRAND FORMAT LITTÉRATURE

La Belle Adèle

Découvre
une autre histoire collégienne
de **Marie Desplechin**

La Belle Adèle

Adèle en a assez. Pourquoi devrait-elle se donner du mal pour se maquiller et s'habiller, comme les filles de sa classe ? Est-elle vraiment obligée de ressembler à toutes les autres ? Et Frédéric... Il est gentil, il est même tragiquement gentil. N'est-ce pas le pire des défauts pour un garçon ? Adèle et Frédéric doivent trouver d'urgence une stratégie de survie. Ils ont alors une idée lumineuse...

Le papier de cet ouvrage est composé de fibres naturelles, renouvelables, recyclables et fabriquées à partir de bois provenant de forêts gérées durablement.

Maquette : Maryline Gatepaille

Loi n° 49-956 du 16 juillet 1949
sur les publications destinées à la jeunesse
ISBN : 978-2-07-064206-9
N° d'édition : 184198
N° d'impression : 117500
Dépôt légal : avril 2013

Imprimé en France par CPI Firmin-Didot